Trans+

Trans+

Trans+

Trans+

Strange & Mesmerizing

SM 34

灰色人類：金東植短篇小說集
회색 인간

作者：金東植（김동식）
譯者：林雯梅
責任編輯：林立文
封面設計：楊皓鈞
插畫繪製：troublelook
電腦排版：張靜怡
法律顧問：董安丹律師、顧慕堯律師
出版：小異出版
台北市 105022 南京東路四段 25 號 11 樓
TEL：(02) 87123898　FAX：(02) 87123897
www.locuspublishing.com
發行：大塊文化出版股份有限公司
台北市 105022 南京東路四段 25 號 11 樓
讀者服務專線：0800-006689
TEL：(02) 87123898　FAX：(02) 87123897
郵撥帳號：18955675　戶名：大塊文化出版股份有限公司

總經銷：大和書報圖書股份有限公司
地址：新北市新莊區五工五路 2 號
TEL：(02) 89902588　FAX：(02) 22901658
初版一刷：2022 年 8 月
定價：新台幣 400 元

灰色人類

회색인간

金東植短篇小說集

金東植 — 著　　林雯梅 — 譯

目錄

人類這種存在，若是墮落到谷底，文化對他們來說便一點用處也沒有。

某一天，某城市的一萬個人一夕之間如同人間蒸發，消失得無影無蹤。做出這件事的就是生活在地底世界的人們。

這些人因為突遭綁架而驚慌失措，地底人把他們聚在一起，對他們說。

如你們所見，我們是地底世界的人。如果我們夠狠心，瞬間就能消滅地上所有的人，但是我們熱愛和平。

語畢，有人忍不住大聲發問。

「既然這樣為什麼要綁架我們？」

地底世界擠滿人、沒空間了，我們生活的地方得由你們親手挖掘。

「什麼？我們為什麼要幫你們挖地？」

這是我們不侵略地上的代價。

「什麼嘛！」

你們應該感到高興才是，如果不是你們，地上人類早就全部滅絕了。是因為你們的勞動力，地上人類才能得到救贖，你們是地上人類的英雄。

「說什麼屁話！」

眾人齊聲反對，但沒過一會兒就被地底人完全漠視。地底人只不過暫時朝空中嘟囔著什麼，這一萬人就全部抱著頭癱坐在地，腦袋如同被鋼鐵壓縮機輾壓過那樣發出了痛苦的呻吟。

如你們現在所經歷的，只要我們願意，輕而易舉就能讓地上人類滅絕。所以你們就為同胞挖地吧！只要挖出一個城市大小的地，我們就平安無事送你們回地上。

這一萬人必須為他們挖地。

最初，大家都希望這是一場夢，想逃避這個讓人無法相信的現實。這些人偶爾也會妄想一下，猜想地上同胞也許會來拯救。

隨著時間流逝，人們放棄了虛無縹緲的期待，取而代之的是考慮叛變，凝聚憤怒之力，做著殺光地底人後逃出生天的美夢。但是，沒有多久，這些地上人就知道自己能力不足，因為那些想著叛變的人連地底人的手指都沒碰到，腦袋就像西瓜一樣爆開了。

又過了一段時間，人們進入萬念俱灰的階段，接受強制勞動，接受了人不像人的生活。

沒錯，正如前面所說，他們過著人不像人的生活。

地底人只給了他們挖地的十字鎬。

沒有住的地方，工作一整天後只能就地而寢。沒有廁所，只能隨地便溺。更別說洗澡，連飲用水都不夠，得接尿來喝。

生活必需品？別做夢了。時間一久，渾身衣服都殘破不堪，大多數人赤裸著身體行動。即使光著身子也沒有人會在意。在這個地方，連性欲都是奢侈的。

最糟糕的是食物。

地底人提供的是帶泥土味的乾扁麵包。其實好不好吃無關緊要，問題在於數量。食物總是不夠。人們從來沒吃飽，無時無刻處於飢餓狀態。

人們總是感到疲倦，總是肚子餓。

這些人彼此之間沒有笑容，沒有眼淚，沒有憤怒。沒有愛，沒有自由。對彼此沒有同情，甚至連對話的力氣都沒有。

這些人的顏色好像變成了灰色。

不知道是因為散落的石頭粉末還是陰暗的現實，人們以面無表情的灰色臉孔勉強度日。

真的死了很多人。

有人受傷死掉，有人病死，也有人選擇自殺。

但餓死的人最多。

挨餓至死，為了搶一小塊泥土麵包被打死。還有人吃泥土吃到飽死。

還有一回，某個男人用十字鎬刺死了另一個男人，冷淡地說。

「這傢伙偷吃了我十字鎬的木柄。」

他說完後，所有人點頭表示認同，不再多言。

過度飢餓的人會拿這裡唯一用木頭做的十字鎬柄來啃食。

然而連木柄都很難吃到，因為太珍貴了。只有在真的忍不住飢餓時，他們才會一點一點啃著吃。

所以每個人的十字鎬柄長度都不太一樣。有人剩一個手掌長，有人剩兩個手掌。

連睡覺的時候都有人把十字鎬柄抱在懷裡。但竟然有人偷吃了如此珍貴的木柄，那傢伙死了也是活該。

人就這樣一個個死去。也不知道過了多少年，原來的一萬人已經少了一半以上。那時，人與人之間就有了潛規則。

挖地挖最多的人可以優先吃麵包。

因為那就是希望，該死的希望。

那是極其強烈的希望，只要挖出一個城市大小的地，就可以回家的希望。

能挖出那麼大的地嗎？不重要。

地底人會遵守約定嗎？不重要。

這些人能在一片荒蕪的地底裡生存下來，靠的就是那如同惡魔般的「希望」二字。

所以他們挖地。即使有人死了也繼續挖地。即使生病，到死前都在挖地。

後來，那所謂的希望因為過於虛無縹緲，就這樣被遺忘了。即使如此，人們還是在挖地。因為這裡能做的就只有挖地。

當人類墮落到谷底會發生什麼事呢？對人類來說，什麼也不會留下，只剩一副還會感到飢餓的軀體。

對這些人來說，人生什麼也不是。醒來就是挖地，整天就是挨餓。疲倦就睡，醒來繼續挖。

這些灰色人類好像不會說話，也聽不見、看不到似的。

用「活屍」都不足以形容這些人。無意義的地獄也不足以稱呼這裡。

在這樣的地方，某天，某個女人被打了一個耳光。

啪！

某個男人打了某個女人一個耳光。在眾目睽睽之下，男人說。

「這個女人在唱歌。」

唱歌？竟然在唱歌？在這種地方唱歌？

人們覺得荒唐。不用說，她一定是瘋女人，所以才會被男人打耳光。

更荒唐的是，被打了耳光倒下的女人，幾天後又唱起了歌。

這次石頭從遠處飛來。

咚！

聽到一聲慘叫的同時，女人滿頭鮮血、倒地不起。

但是沒有人同情她，沒有人關心她。人們只是頂著一張灰臉，繼續挖地。

那一天，某個角落有個男人被一群人圍住，狠揍了一頓。可是他被揍是有充分的理由。

「這傢伙用石頭在牆壁上畫畫！」

他在地上世界是個畫家。但是這裡不需要畫家。光是挖地的力氣都不夠了，竟然還幹些沒有用的事？人們會憤怒也是理所當然。

被憤怒的人圍毆倒下的他無法再站起來，意味他很快就會死掉。這裡的人不會互相照顧，不會分享麵包給受傷的人，倒下就代表一切結束。不管你在地上世界的身分是歌手、畫家、小說家，都不重要，因為這裡不需要藝術。

人類這樣的存在，當墮落至谷底，藝術一點屁用也沒有。對這裡這些已疲憊不堪的灰色人類來說，擁有的只是一副能夠挖地的灰色身軀，所以其他人也必須和我一樣。

但是那個女人一定是瘋了。

那個無法撐起身子、癱倒在地、餓著肚子的女人，又開始唱起歌來。

這次當然也有石頭從某處飛來。

咚！

女人發出尖叫聲的同時又再次倒下。但是不久之後——女人又再次唱起歌。又有石頭飛過來，女人停止唱歌。但是，不久後女人又開始唱歌。

感到疲倦不已的人們連打女人耳光、丟石頭的力氣也沒有了。人們漸漸不再關心那個瘋女人。

即使因為受傷和挨餓，女人不久後即將死去，但她還是偶爾會唱唱歌。女人現在只要覺得快要死掉就會唱歌，有時甚至唱個一小時。女人的生命力很頑強，一天、兩天、三天……持續不斷地唱著歌。像是唱著唱著就會死去似的，持續不斷。

就這樣過了不久，發生了一件神奇的事。

有人把麵包丟給了女人。

這種事是第一次發生，竟然分享食物給沒有挖地的人。

更神奇的是人們的反應，大家以驚訝的眼神看著這一幕，卻沒人對此提出異議。

女人急忙地吃了麵包。施捨麵包的人沒對女人說什麼就走開了。吃了麵包、短暫休息完，她又唱起歌來。

休息完又開始唱，唱累了就休息，然後又唱了一個小時。第二天又有人把麵包丟給女人，女人唱起了歌。第二天，第三天都一樣，女人唱歌，然後吃麵包。

還有一件神奇的事：有個老人把自己的麵包給了倒在地上的畫家。人們非常驚訝，因為把自己的食物分給別人的行為，在這裡簡直難以想像。人們又生氣了，竟然把食物給倒下的人。這是大家默認的禁忌。人們正準備發洩怒氣，以無法理解的眼神望著老人。

「你在地上世界是畫家嗎？」老人說。

「是的，老人家……」

「那麼，你可以畫出這裡的模樣嗎？」

「是，我可以。」

「你真的畫得出來嗎？真的可以畫出我們在這裡生活的模樣嗎？真的可以畫出我們在這裡的遭遇，以及我們是如何死去嗎？你真的可以畫出那些餓死的人嗎？真的可以畫出那些因為反抗而被爆頭的人嗎？可以畫出像這樣指甲都裂開的手嗎？可以畫出失去一條腿的人嗎？可以畫出那些飢餓到骨瘦如柴的人嗎？」

「可以！我可以畫出來！就算閉上眼睛，我也可以畫出這個和地獄毫無差別的地方發生過的一切！」

「那你畫吧！你就畫吧！」

那些骨瘦如柴的人不再阻止老人的行動，不再阻止不挖地的畫家在牆上作畫。

這時，某個瘦到快進鬼門關的青年，用只剩刀刃的十字鎬撐著地使勁站了起來，口中喃喃自語。

「我是小說家……我可以把這裡發生的事都寫出來……我是小說家……我可以把這裡的事都寫出來……我是小說家。」

人們無視他，不過瀕死的他得到幸運之神眷顧。在冷漠的眾人當中，有一個中年女人走向他，問道。

「你說你是小說家？可以寫文章？那你可以寫出我現在有多餓嗎？」

女人問話的語氣帶了點憤怒。青年以離死不遠的眼神望著女人的臉孔，喃喃自語。

「這個女人真的很餓、真的很餓。有多餓呢？餓到她深愛的兒子死掉時，甚至想隱藏兒子死掉的事，在地底人回收屍體前，她想要咬下一根兒子的手指，或是咬下兒子的耳垂，吃個一口。她就是這麼地餓，真的真的很餓……。」

「……」

也許是錯覺，但是中年女人的臉上露出了笑容。

「你活下來——就算我們都死了，你也給我活下來。活下來後，把我們的故事流傳下去。就算我們全死了，你也一定要活下來。」

女人從懷裡拿出自己的泥土麵包，拔了一小塊遞給青年。

又發生了讓人無法置信的事。說真的，在這裡分享食物，根本是不可能的。

青年急匆匆一口吞下麵包。

中年女人離開後，又有另一個女人跑來青年這裡，沒頭沒腦地說了一連串的話。

「我的名字叫葛洛麗雅，丈夫因為反抗地底人被爆頭而死，我的女兒自殺了，我的兒子餓死了。我丈夫的名字叫考森，他在地上是一位很傑出的消防官，很喜歡幫助人。我女兒的名字叫瑪麗亞，是個心軟的孩子，她死前抓著我的手說她想吃披薩。」

女人冷靜地說了一大串話，卻在不知不覺眼中充滿了淚水。

「我兒子的名字叫湯姆，他的夢想是成為足球選手，他告訴我，他因為太餓所以吃了泥土，我卻連一小塊麵包都無法給他，他喜歡……」

女人沒事般地說完話，便把一塊放在懷裡珍藏很久的麵包放在青年手上，什麼請求也沒說就離開了。

青年看著手中的泥土麵包，沒辦法輕易地吃下。他真的很餓，卻沒辦法吃。不過，他怕自己會忘記，因此不斷重複女人說的話。

「我的名字叫葛洛麗雅，丈夫因為反抗地底人被爆頭而死，我的女兒自殺了……」

那天之後，人們漸漸變了。

現在不管誰唱歌都不會被丟石頭，甚至還有人會跟著唱。

在牆上作畫也不會有人生氣。有幾個人一直在牆上練習再練習，直到閉上眼睛也能畫出這裡發生過的事。

有幾個人一直不停地在腦海裡書寫這裡的故事，然後一整天大聲背誦。睡前背誦，夢中也在背誦。這些人有一定要活下來的使命，當中的某些人心懷要活下來、把這裡的故事流傳下去的使命感。

人們如常死去，照常挨餓，但是這些人不再是灰色的了。

即使沾上了石頭碎粉，這些人也不再是灰色的了。

有一艘船在大海的正中央沉沒，運氣好活下來的人在某個無人島的海邊醒來。排除已死之人，生存者大約有十幾個。

這些人當中，有人呆坐著，有人放聲大哭。某個女人抱著老公的屍體流淚，有個男人跑進森林裡查探，另一個男人整理浮在海上的行李，還有一個男人沿著海岸線繞了島一圈。

隨著時間過去，太陽下山，所有人聚在一起商討對策。結論是：大家必須一起撐到救援隊到來。

最大的問題是糧食。幸好有個男人的職業是食品研究員，行李箱裡裝滿了各種不同的火腿罐頭。人們以罐頭果腹，聚集在海邊席地而睡。

隔天，他們用樹枝在沙灘上寫了巨大的ＳＯＳ求救信號，接著撿拾樹枝升起了火，然後把屍體集中在某個地方。

現在只能祈禱救援隊趕快到來，大家吃著火腿罐頭、度過這一天。

隔天，再隔一天，又隔一天。等了一個星期，救援隊都沒有來。這段時間，重傷者與死神搏鬥，最後還是死了。人們眼睜睜地看著他死去，感到無比恐懼，開始做最壞的打算：很可能大家不是在救援隊來之前全死掉，就是救援隊根本不會來。

很現實但也很重要的糧食問題則令人無法安心。島上森林裡可以吃的果實就只有幾顆椰子，這些人手上的火腿罐頭也快要吃完了。

火腿罐頭的主人冷靜說道：

「為了活下來，我們必須理性思考，盡可能珍惜沒剩多少的罐頭。所以……很抱歉，我不會再提供火腿罐頭給生命快到盡頭的年長者。我覺得，對我們來說這是比較合理的做法。」

老人一臉驚慌失措，其他人的表情也變得不太自在。但「合理」這兩個字讓他們閉上嘴巴、不敢說話。

他順勢接著說。

「發生戰爭的時候，傷兵如果被抬到軍營，軍醫會乾脆不醫治受重傷的士兵，因為就算救了，也不知道是否能救活，還不如把藥品用來醫治輕傷者，那樣可以救更多的人。」

「……」

「現在的狀況和戰爭時期一樣，我們身處危機之中，不知道還要在這個島上待多久。說不定要在這裡過冬。連腳都受傷、生命垂危的年長者，未來只會變成我們的負擔，對我們沒有一點幫助。罵我垃圾敗類也好，可是我計算了一下，拖著年長者走到最後，對我們沒有任何的好處。」

「……」

老人沉默不語，眾人也跟著安靜。就人道主義而言，心理確實有點不太舒服，但是合理這兩個字聽起來讓人無法反對，加上此時這些人都深陷死亡的恐懼之中。

這時，老人開口。

「其實，我在現實社會中是不吃這種罐頭的——不，應該說我連有這種東西都不知道。你們聽過〇〇燒酒嗎？」

「……」

「我就是那間燒酒公司的會長。」

「哇！」

「也許你們會覺得好笑，不過就是一間燒酒公司的會長而已。但是我擁有的財產超過數百億，在現實社會中絕對不會因為一個罐頭受到這種無禮的對待。」

頓時，人們看老人的眼神變了，大家完全不知道老人原來是這麼厲害的人。另一方面，這些人心想，即便是厲害的老人，只要流落到無人島，也不過是一個沒有用處的老傢伙啊。

老人用炯炯有神的目光看著男人說。

「一個罐頭我用一千萬跟你買。」

「！」

人們非常驚訝——一個罐頭竟然值一千萬？

男人什麼話也說不出來，只是望著老人。老人繼續說。

「『千萬』這個單位沒有真實感嗎？原來如此！那麼減五百萬，你們會相信嗎？」

「啊，不是這樣……」

「那要再減多少你們才會相信？三百萬？一百萬？」

男人打起精神，拔高音量。

「不是啦！您到底在說什麼啊？我是不知道老人家您在社會上是什麼身分，但您在這裡什麼也不是啊！」

老人冷淡地回應。

「如果我們獲救回到社會，我會還清這些錢，這裡所有人都可以當證人。」

「那是獲救以後的事，現在——」

「反正我們一定會獲救，不是嗎？不然我們在等什麼？」

「……」

老人一句話就讓男人啞口無言。沒錯，難道我們不是在等待救援嗎？如果不是，就不會為了一個罐頭賭上性命了。

老人從容不迫地說。

「我承諾，獲救的時候我會支付所有金額，所以分罐頭也算我一份——不對，應該說：你把罐頭賣給我吧。」

男人吞了吞口水，不知不覺被老人的氣勢壓制。結果，男子所提出的所謂合理犧牲方式就這樣不了了之。那天晚上，包含老人所有人，都以罐頭果腹。

隔天，人們開始討論如何長期抗戰。因為救援隊不知道何時會來，需要有長期的計畫。

有人最先提出了要蓋房子的意見。這幾天大家都以為救援隊一來就可以離開，只安排輪班的人在海邊過夜或是小睡，可是實在是太冷太辛苦了。若要蓋房子，就需要勞動力，所以大部分的年輕男人都要參加。當他們流著汗水蓋房子時，老人開口。

「你們沒有義務只因為身體健康這個理由而提供勞動力，這不是你們理所當然要做的事，勞動應該獲得正當的代價。在蓋房子的期間，我每天給你們日薪五十萬[1]，回歸社會之後，由我來支付這個費用。」

老人也許只是亂開空頭支票，但是幫忙蓋房子的男人感受卻截然不同。因為，就算回到社會，一天也賺不到五十萬元不是嗎？不管老人說的是真是假，反正房子是一定要蓋的，這樣的話，不如把老人的話當真，心情會比較好。

即使是辛苦的勞動，只要想到日薪有五十萬元，就輕鬆很多，光想也會笑出來。

「哇哈哈！我之前做過便利商店的工讀生，現在每天領日薪五十萬元，心情真好！喔耶！」

1　韓幣五十萬元約等於新臺幣一萬兩千元。

「就是啊！我的月薪還不到兩百萬呢，沒想到來無人島竟然發了橫財？」

人們逐漸有系統地進入長期抗戰的模式。雖然極為簡陋，但也蓋好了兩間可以遮風擋雨的房子，製造了可持續收集蒸餾水的設備，還用塑膠打造了可以收集雨水的器具。食物的問題也逐漸獲得解決。從計畫長期抗戰開始，大家就出海捕魚。如果實在抓不到，就改拿一些貝類和小螃蟹當作食物。

人們逐漸適應了無人島的生活。這些人在無人島的期間，老人帶起了一個流行。

那就是：可以使用原本留在社會的財產。他們讓金錢在這個小小的無人島也能流通，自己在社會中原本有多少財產，都寫在本子裡，並謹慎保管。

沒有人隨便揮霍，就像使用真實金錢般慎重使用。那些財產對他們來說，感覺就像是連接社會和無人島的現實之繩。假使玩笑般隨便使用那些錢，好像連獲救的希望都會一併消失不見。因此，他們更加嚴肅地面對這一切。

落難第一天失去丈夫、持續失魂落魄度日的女人，某天突然編織起了草帽。另一個女人看見後對她說：

「那個帽子好漂亮喔。我付你三萬元，可以賣給我嗎？」

女人糊里糊塗以三萬元賣掉了帽子，於是又再次編織了草帽。那天之後，她在無人島生活期間一直在製作帽子和飾品。人們只要挑中喜歡的商品，就付錢跟她買。她為了做出更漂亮、更帥氣的飾品，開始思考如何設計，並活用各種材料。結果，她成了無人島中最忙碌的人。

某個年輕人在社會上原本是無所事事的遊民，但在無人島，他是捕魚之神，捕魚技術非常好，無人能及。但年輕人捕獲的食材並沒有免費分給大家。

「你很會捕魚，不代表你就理所當然要幫我們捕魚。你辛苦捕獲的食材，應該要得到相對應的代價。」

年輕人每一刻都盡全力去捕魚，他在無人島賺的錢是最多的。

還有一些人用一萬元當賭注下圍棋。

「你們又在打賭下圍棋了嗎？」

「不然，在無人島能做什麼？」

「嗯……你這樣下如何？」

「老人家，觀棋不語真君子！這一局可是一萬元，輸了您要幫我付嗎？」

「我為什麼要付？是你下的棋又不是我下的。」

「真是——」

人們不管什麼都用金錢進行交易：有人製作有用的家具來賣，有人殺魚和料理魚、洗衣、美容、擴建或是維修房子，甚至還有人寫小說，講給大家聽賺錢。人們全部為了賺錢而進行某些行為。

那些行為讓他們能夠挺過無人島的生活。終於終於，那一天來了。

不知道是不是那個巨大的ＳＯＳ求救訊號起了作用，一架飛行經過的直升機發現了他們。

「船！船來了！是船！有船來了！」

終於獲救了！他們在無人島撐了幾個月終於獲救，人們互相擁抱，流下了喜悅的淚水。搭上援救船隻朝故鄉出發，單是看著彼此的臉就忍不住落下淚來。

聽到船隻開往港口，家人在港口迎接他們的消息，老人的臉色開始變得陰沉。大家都一臉興奮又開朗，只有老人的表情驟變。他閉上眼睛，對大家坦白。

「請你們原諒我，其實我不是大公司的會長，我沒有什麼財產。我那天是為了活下來才說謊的……對不起。」

人們轉頭看著欠所有人數千萬元的老人。

過了一會兒，他們走向老人，對他點了點頭——只有這樣，只是點了點頭，對老人表示知道了。

「啊……」

其實，他們根本沒有帶那個本子出來。那本記錄彼此往來交易的本子被留在無人島了。沒有人記得拿那個本子，本子扮演的角色到此為止。光是讓人挺過無人島的生活，就已足夠。

之後，他們上電視接受訪問，總是這樣說：

「我們因為幾個罐頭打算餓死老人的時候變成了禽獸。救了老人之後，我們才又變成生活在社會上的人類。我們因此活了下來。」

白天？還是夜晚？

再次發生夜間人的殭屍殺人事件，警方分析附近的CCTV……

「那些該死的夜間人！就算把他們五馬分屍也難消心頭之恨！」

「爸！快點過來！再過一會兒天就要黑了！」

「嗯，知道了！」

男人關掉電視，走向家後面的房間。全家人都在那裡。

全家人走進房間後立刻鎖上厚重的鐵門——不是把別人關起來，而是把自己和家人關在房間裡。

兩年前，人類挖到了一個神聖土甕，稱此土甕為神之祕密。相關文件紀錄再三叮囑絕對不能打開，可是視而不見的人類卻打開了，因此被神施予了可怕的詛咒。

全人類都變成了殭屍。

世界陷入了巨大的混亂中。即便如此，人類到現在還能維持文明是有理由的，因為人類並不是永遠處於殭屍狀態。

以特定時間為基準，有一半的人類只會在白天變成殭屍，剩下的另一半則只會在夜晚變成殭屍。

很自然，人類稱呼那些只在夜晚變成殭屍的人類為日間人，只在白天變成殭屍的人類是夜間人。

即使處在混亂中，掌握情勢的人類還是站出來整頓了狀況。

人們就算受到殭屍威脅，還是無法輕易殺死殭屍。

因為時間一過，殭屍就會變回人，所以殺死殭屍還是適用於殺人罪。當然，罪的輕重得以通融，所以是否為正當防衛就變得相當重要。

人們摸清自己是日間人還是夜間人後，會在變成殭屍前把自己關起來。不然變成殭屍後到處閒逛、莫名其妙被殺死，你就是活該倒楣。

即便如此，因為殭屍而發生的殺人事件、因為人類而發生的殺殭屍事件層出不窮、不斷增加。

最後，日間人和夜間人各自建立了自己的村莊，過起了各自的生活。

這樣一來，很自然形成「日間人白天工作、夜間人晚上工作」的社會系統，可是很快就出現不滿的聲音。

「為什麼日間人要做更多的工作？人類生產的能源中，夜間人消耗得比日間人多！」

因為初期不太穩定的社會系統，相較之下日間人要做的事情比夜間人更多。而這只是開始。

「日間人能懂我們夜間人一輩子只能在黑夜中生活的處境嗎？」

「你們這些不理解沒有下班生活能享受的夜間人！」

「你們知道要是有光就哪裡也不能去的夜間人多苦嗎？」

「你們知道總是被失眠和睡眠不足折磨的日間人多苦嗎？」

原先只有一種人類，現在則分成日間人和夜間人兩種。

媒體也一樣分成日間媒體和夜間媒體，各自的媒體忙於抨擊對方。

又發生夜間人殺死殭屍逃跑的事件，根據統計，夜間人殺死的殭屍數量特別多……

日間人設置太陽能發電所，真是厚顏無恥……
夜間人趁夜把魚一掃而空，連魚苗都不放過，這種趕盡殺絕的行為……
日間人又開始反對虛擬太陽計畫……
夜間人的食物竊盜行為日益嚴重……
日間人的自殺率比夜間人高兩倍，原因是他們特有的壓力和睡眠不足……

時間越久，變得越來越敵對的日間人和夜間人產生了更大的衝突。
最大的原因是缺乏溝通。
就算想要針對發生的問題進行對話，但是對方總處於殭屍狀態。
未解決的問題像雪球般越滾越大，不知不覺，人類把對方當成敵人看待，甚至造成了日間人和夜間人的殺殭屍行為。
日間人白天攻擊變成殭屍的夜間人、夜間人夜晚攻擊變成殭屍的日間人。
互相殺害，卻毫無罪惡感，就算是老弱婦孺，他們的外貌仍是可怕的殭屍。
要消滅這種怪物是不會有特別感覺的。
當然也有人高唱和平，但是各自的媒體外加說要以牙還牙的大眾，紛紛揶揄他們，完全漠視他們的主張。

起先的小規模殺殭屍行動逐漸擴大，甚至連村莊也遭受襲擊。團結在一起的全球日間人和夜間人集團，漸漸為了防禦擴大規模。最後分成日間人和夜間人兩大集團，各自使用半邊地球。

然後，就在這時，人類開始發出這樣的聲音。

「我們不能再這樣生活下去！人類必須統一成一個種族！」

「如果那樣，他們就得變成日間人！」

「笑死人了！應該變成夜間人才對！」

於是政府開始介入，針對殺害殭屍開始投入軍備。

地球展開了一場二十四小時的殺戮戰爭。白天是日間人的戰場，夜晚是夜間人。

殺害無法應付現代武器的殭屍可說是易如反掌。而且，就算殺死他們也不會有任何的情緒，因為他們外觀看起來是可怕的怪物。

沒有盾牌、只拿槍進行的戰爭，比歷史中的任何戰爭能更快消耗彼此的戰力。

就在全人類消失了一半的時候，距離神的詛咒降臨剛好三週年。

但是人類不知道——大家真的真的不知道——神的詛咒是有期限的。

三週年那天過後，人類不管是白天還是晚上，都維持著人類的模樣。

所有人都很驚慌，因為一直到昨天都還盡情砍殺的怪物，現在全變回了人類。

那些在強大暴力前只能默不作聲的善良人士覺得時機到了，趕快提高音量發表意見：

「詛咒解除了！我們不需要再反目成仇了！讓我們重新回到團結一心的時候吧！」

「……」

他說的很對，但是人類仍然分成日間人和夜間人。

即使晚上不會變成殭屍，他們仍然是日間人；即使白天不會變成殭屍，他們仍然是夜間人。

劃分彼此的警戒線沒有消失，對彼此的敵意亦然。

善良的人捶胸頓足痛哭了起來。

「我們為什麼要反目？我們本來是同一個種族！把我們分開的那個原因現在已經不存在了，為什麼還不團結？」

然後又一次——彼此的媒體、說要以牙還牙的大眾、那些已經穩坐高位的權利者，出言嘲笑並無視他們說要團結的話。

人類以為詛咒解除，怪物就會消失，但是其實怪物沒有消失。

人類仍然分成日間人和夜間人。

番外篇，之一：新婚

被綁在椅子上的女人拚命掙扎。

呃喔喔喔呃喔喔喔喔喔！

一個男人蹲在女人面前，幫她清洗骯髒的腳。

他的臉上一點痛苦的表情也沒有，就算被掙扎的腳踢到，也露出愉快的笑。

男人突然看了一下時鐘，立刻坐在女人旁邊的椅子上，牢牢地把自己綁了起來。

最後，男人把手挪往後，戴上手銬，對女人輕聲細語。

「老婆，我愛你。」

太陽下山。

被綁住的女人像是從睡夢中醒來般抬起頭，她眼前見到的男人則正拚命掙扎。

呃喔喔呃喔喔喔喔！

女人解開自己被綁住的手腳，露出微笑，悄聲對男人說。

「老公，我愛你。」

番外篇，之二：流行的遊戲

呃喔喔呃喔喔呃喔！

「呀！真的沒關係嗎？」

「有什麼關係！反正他是殭屍！快點把門鎖上！」

空盪盪的倉庫裡，有一個殭屍被綁在中央的柱子上。四個調皮的青年毫無懼意，圍繞在殭屍的周圍。

其中一人關上堅固的鐵門，從裡面把門鎖上。

然後四人各自站在四個方向，像在期待什麼似的，一臉興奮看著被綁在柱子上的殭屍，又盯著時鐘。

「呀！還要很久嗎？」

「時間快到了！」

不久，窗外的太陽升起。

呃喔喔喔！

呃喔喔！

呃喔！

呃喔喔喔喔喔！

「呃嗯？這裡是哪裡？嘎啊！」

番外篇，之三：有錢人的樂趣

日間人史古基有個怪癖。

轟隆！轟隆！

呃喔喔喔！

這是史古基的個人書房。他正在觀賞被關在強化玻璃監獄的殭屍，一手拿著紅酒，欣賞著那些殭屍的模樣，這個時間對史古基來說是最愉快的。

偶爾，他會往籠子裡丟點肉塊，有時會一邊繞著強化玻璃走，一邊千驚萬險地享受殭屍對他的無效攻擊。

「時間到了，主人。」

「啊，這樣嗎？那麼就進入防空洞吧！」

史考基和僕人一起進入個人防空洞，這是絕對沒有人能夠入侵的防空洞。

夜幕降臨。

「呃嗯？啊……」

被關在強化玻璃裡的人不斷咒罵。

「放我出來！史古基你這個混蛋！」

「嗚嗚，媽媽！」

「我想回家！」

天亮了。

重新變回人類的史古基拿著紅酒從容地坐著，開始觀賞殭屍的模樣。

呃喔喔呃喔喔！

史古基今天有重要的事，所以打算享受一下就外出。

此時，一臉慘白的僕人跑了過來，對史古基傳達了一個消息。

聽了消息的日間人史古基放開了手上的酒杯，臉色蒼白地顫抖著。

「您的女兒……出生為夜間人了。」

人造人出櫃專門記者崔記者又得到超級獨家新聞！超人氣歌手斯特雷伊特被踢爆真實身分是人造人！勁爆消息曝光後，粉絲紛紛退出俱樂部，還把斯特雷伊特的專輯燒掉的影片上傳ＳＮＳ……

根據歷史書籍記載，五十幾年前，人類因為人口數量一直減少，產生了具大的危機意識。結果，人類創造了人造人。

融進人類社會中的人造人完全沒有破綻，無人能察覺兩者差異之處。甚至連人造人本人都不知道自己是人造人。

就身體構造來說，在剖開腦袋之前是絕對分不出人造人和人類的差異。唯一不同的地方在於，人造人比普通人更不容易死掉。

人造人受傷就和人類一樣會流血、會痛，但是遇到瀕臨死亡的大型事故時完全不會感到痛苦。就算中槍，只要不是貫穿腦袋、立即死亡，只要不會疼痛，接受治療都可以重生。人造人並不會因為失血過多而死亡。

因此，人類可以從這些事故中區分出人造人，以這種方式被揭露為人造人的狀況，稱為出櫃。

雖然不會因為被揭露為人造人就判處死刑，也不會被拉去關禁閉，賺到的財產也不會被沒收。但有一件比較可怕的事，就是人類的差別待遇。

人們看他們的視線並不友善，人造人容易成為大眾的笑柄和八卦話題，不管去到哪裡，都得不到正常的對待。

只因為是人造人，結果生病也不敢去醫院，甚至也能當成離婚事由，還會被剝奪投票權。

如果性暴力的受害者是人造人，並被揭發身分，加害者還可以獲得減刑。此外，殺死人造人的犯罪不稱作殺人罪，而是偽人類殺害罪，刑期也不同。

對目前世上的人類來說，沒有什麼比被踢爆是人造人更可怕的事。

崔記者被人譽為「人造人出櫃專門記者」，他雖然得到了讓超人氣歌手斯特雷伊特出櫃的超級獨家新聞，卻一臉落寞。

現在他應該要去慶祝派對才是，卻一個人坐在熄了燈的寬敞客廳中央，孤單地喝著罐裝啤酒。

崔記者呆望空中，回想起發現歌手斯特雷伊特是人造人的那一天。

在地上爬行的人氣歌手斯特雷伊特流著淚，迫切地望著崔記者。

「崔記者！我真的不知道！我怎麼會是人造人？幹，為什麼是我！崔記者，我是真的不知道！崔記者！」

斯特雷伊特哭著在地上爬行，他的上半身和下半身幾乎被截斷成兩半，但從臉上卻感受不到一絲痛苦，只有發現自己是人造人的悲痛神情。

崔記者以受到驚嚇的眼神望著斯特雷伊特，吞了吞口水。

「崔記者，求求你！我是真的不知道，崔記者！我為什麼會是人造人，幹，為什麼！崔記者！崔記者！求求你！不要！」

崔記者回想起那天斯特雷伊特的表情，感到一陣不適，於是拿起罐裝啤酒大口喝下，接著開始回想今天早上發生的事。

崔記者的妻子痛哭尖叫。

「不是說好了嗎？你明明說會保守祕密的！」

「對不起……」

「做出這種事，你還是人嗎？你明知斯特雷伊特變成這樣的原因！他是為了救我們的兒子才變成這樣的！你怎麼可以讓他出櫃？」

「我身不由己，我是記者。」

「什麼身不由己！記者又是什麼！」

「我是記者！為了國民知的權力，我不能保密，我是逼不得已的。妳罵我也好，可是那是我身為記者的使命，那是我的記者精神。」

「記者精神？別開玩笑了！你只關心自己的名聲！」

「別這樣！反正他又不是人類！是人造人！你有必要為了人造人這麼生氣嗎？」

妻子流下淚水，以冷酷的眼神看著崔記者，喃喃說道。

「我看你還更像人造人，他比你更是有血有肉的人類。」

妻子拖著行李箱走向玄關，在離開家門之前，最後又回頭看著崔記者一眼，冷冷地說。

「我真沒看過像你這麼冷血的人。你……你不會也是人造人吧？」

崔記者在妻小離開後整天都坐在客廳反省自己。我做錯了嗎？我真的是為了自己的名聲才這麼努力的嗎？

不能說不是，畢竟每次讓知名藝人出櫃，自己的名聲逐漸變大，我確實會感到喜悅。「韓國最有名的出櫃記者」——我喜歡這個稱號。

崔記者再次想到歌手斯特雷伊特的面容，覺得不太舒服。

此時，崔記者收到手機簡訊。

學長，恭喜你！這次又得到獨家了！

簡訊是大學時期常常跟在身邊的學弟秋刀魚傳來的。崔記者想也沒想，立刻按了通話鍵。

「喔？學長，怎麼啦？」

「我們見個面，喝一杯吧？」

在燈光陰暗的鐵桶烤肉店，崔記者和秋刀魚面對面坐著喝燒酒。眉開眼笑的秋刀魚在幾杯黃湯下肚後開始嘰嘰喳喳說個不停。

「呃！都不知道有多久沒跟學長喝酒了！大學的時候我們成天喝呢。是吧？」

「嗯，對呀。」

崔記者看到秋刀魚想起往事，覺得至少暫時可以拋開些許鬱悶。

「真的，學長，你還記得我們怎麼抓到非法鬥犬場的嗎？我們在垃圾桶裡躲了一整天，一週後味道都還散不去，沒人敢靠近我們，呵呵。」

「哈哈，對呀，沒錯。」

「現在想起來，還真懷念大學的時候，可能當時對生活都沒有什麼想法吧，做什麼都覺得很有趣。」

「……」

崔記者想到那時的自己，和現在完全不一樣。他口口聲聲說這才是記者精神，為了追逐正義、到處奔走，夢想成為真正的記者。不像現在，整天跟在藝人的後面，一副可悲至極的模樣。突然之間，崔記者想起妻子脫口而出的話。

崔記者覺得秋刀魚看起來和自己不太一樣。他還保有學生時代的熱情。

「對了！秋刀魚，你最近過得如何？還是秉持記者精神、四處查探嗎？」

「嘿嘿，我呀……一直都是這樣，所以薪水連飯錢都要付不起了！」

「你這小子，真的一點都沒變。」

「哪有，那學長變了嗎？」

「你這是在罵我嗎？我是什麼人呀？我不就是靠藝人出櫃上位的庸俗記者嗎？記者精神他媽的有屁用……哈哈哈。」

「哈哈哈！」

崔記者和秋刀魚把過去的回憶當下酒菜，不停喝酒，酩酊大醉的崔記者口齒不清地吐露出心中的鬱結和氣憤。

「啊！真的好想回到從前！我想用真正的記者精神全力以赴報導真相！」

「咳咳……」

「呀！秋刀魚！你最近在忙什麼？有沒有聽到像過去學生時代那種，值得竭盡全力去跑的新聞素材啊。」

「學長醉了啦，哈哈哈哈。」

「我是說真的！我是真的想要好好做！該死的！」

唉聲嘆氣的崔記者低下頭，把手撐在桌上。而靜靜看著沮喪學長的秋刀魚一臉正經地問道。

「學長，學長——你真的想要好好做嗎？」

「啊！你這小子，我都說我想了！」

「如果學長真的想要像過去那樣……我最近正在忙一個項目。」

崔記者繼續用手撐桌，張大眼睛注視秋刀魚。秋刀魚一臉認真，使得有點恍神的崔記者也認真了起來。

「……是什麼？」

秋刀魚環顧四周，挨近後開口說道。

「學長，你知道五一〇地區吧？五十年內都不對民間開放的祕密軍事基地。」

「知道啊。」

「學長也聽過傳說吧？說那裡關著外星人——」

「那不是陰謀論嗎？」

「學長不覺得奇怪嗎？單靠人類的技術，可能做出那麼完美的人造人嗎？」

「你的意思是人造人是外星人的技術？」

「五一〇地區第一次被大眾知道是五十年前，人造人開始混進社會也是五十年前。這不會太巧了嗎？」

「……所以呢？」

「其實——我打算潛入那裡暗中取材。」

「不可能啦！那個地方連周圍範圍都接近不了！」

「……如果學長和我有同樣想法，我想介紹一個人給你認識。」

麼。

「……」

崔記者靜靜地看著秋刀魚。他看起來不像是在胡言亂語，好像真的知道些什

一瞬間，崔記者感到心跳變快，感受到大學時期熱情的氣息，腦海突然浮現早上妻子說過的話。

記者精神？別開玩笑了！你只關心自己的名聲！

崔記者的眼神變得炯炯有神，坐正身子後，開口對秋刀魚說。

「沒錯！我也想做，讓我加入吧！」

「你是真心的嗎？」

「我是真心的，真的是真心的。」

「那就走吧！我帶你去一個地方。」

秋刀魚起身帶路。

崔記者用白開水漱了漱口，跟著站了起來，再次用堅定的眼神發誓。為了國民知的權力，我真的會好好地跑一次新聞，展現和以往截然不同的面貌給妻子看看。

✧
✧

兩人搭上計程車後，在○○洞下車，負責帶路的秋刀魚往偏僻的巷弄走去。

跟在後頭的崔記者看見一個被小孩扔石頭的年輕人。

「呀！人造人！我不是說過不要走這條路的嗎？」

「……」

即使被扔石頭，年輕人一次也沒發火，只是繞過去走了其他巷子。看到此情此景，身邊也沒有任何人在乎，連小孩的媽媽也不作聲。

看見這個情景的崔記者，不知為何突然想起歌手斯特雷伊特的臉，那張懇切地仰望自己、面帶乞求的臉。

「學長？走這邊！」

「喔？好。」

他們到達的目的地離其他住宅有些距離，是一間位在山坡上的舊房子。秋刀魚熟門熟路的從花盆中拿出鑰匙，打開門走了進去。

「學長，要往地下室走。」

「好。」
空蕩的客廳一角有個通往地下室的門，那裡有條很長的階梯。
「田鼠哥！我來了！」
「咳！秋刀魚嗎？」
這個被叫做田鼠的男人個子矮小，有點胖胖的，人如其名，和田鼠長得很像。他用有著警戒心的眼神盯著跟在秋刀魚後頭的崔記者。
「咳咳——他是誰？」
「啊，這位是我大學時認識的學長，他會和我們一起潛入五一〇。」
「幸會，我是崔武正記者。」
「咳！是是，幸會。您就叫我田鼠吧！」
「那麼叫我崔記者就好了。」
崔記者一臉困惑地看著秋刀魚。
「啊！田鼠哥是發明家——」
「是天才發明家！」
「他是天才發明家，田鼠哥發明了很多很特別的東西。」

只要看到地下室周圍堆滿各種不知用途的奇怪物品，立刻就知道他的意思。

「你不是在問要如何潛入五一〇嗎？我們打算挖地道潛入。」

「地道？」

田鼠和地道也太搭了。

「田鼠哥發明了一個無聲無振動的挖土機。其實我們從一年前就開始挖，就快要挖好了——」

「真是令人驚訝。」

「問題在於五一〇的內部地圖。學長您也知道，五一〇連衛星照片都會審查，所以沒有辦法看到地圖。如果能取得衛星照片，就可以正確知道該挖到哪裡再往上挖——學長？」

「？」

「學長拿得到吧？五一〇的衛星照片。」

「這個嘛……也許吧。」

崔記者快速地轉了一下腦子，衛星照片應該拿得到。崔記者有政府人脈，那是他在踢爆知名人士是人造人時獲得的調停利益。

「好像可以——」
「果然！我就知道你可以！」
「喔喔！只要有衛星照片就可以繼續挖地道了！」
看著露出燦爛笑容的田鼠，崔記者突然一陣好奇。
「田鼠先生，您為什麼要做這件事？」
聽到這個問題，田鼠尷尬地笑著說。
「咳——那是因為我想要親眼見到外星人！」
「？」
「我從小就相信外星人的存在！而地球上最有可能看到外星人的地方就是五一〇！那裡能見到外星人的機率是最高的！」
「學長，田鼠哥可是外星人狂熱者呢，呵呵。」
「啊哈哈……」
三人一見如故。
如果崔記者取得衛星照片，田鼠會計算後繼續挖地道。於是三人決定找一天一起入侵五一〇地區。

正事辦完，崔記者從容地環顧四周。沒錯，田鼠這傢伙真的是外星人狂熱者，這裡能看見很多和外星人有關的物品。

特別吸引崔記者目光的，是掛在牆壁一角、眼睛超大的外星人頭顱，他不自覺伸出手摸了一下那顆光滑油亮的頭顱，但是——

「欸欸欸！」

田鼠突然顯得很慌張。崔記者在無意中用力按了頭顱一下。

嘰嘰嘰！

接下來眼前的景象讓崔記者不禁啞然。

「……你是什麼情報員嗎？」

這面牆轉了過去，露出一面陳列各種槍枝的牆壁，兩人尷尬地笑了出來。

「田鼠哥同時也是槍枝狂熱者，呵呵。」

「哈哈哈！」

此時，崔記者沉默不語，突然伸出手拿了一把手槍，問道。

「這槍能用嗎？」

「能用啊。怎麼了嗎？」

「潛入的時候如果遇到警衛，也許用得到也說不定。」

崔記者說完，秋刀魚突然跑了過來。

「你在說什麼？你現在是打算用這把槍射殺警衛嗎？」

崔記者沉默了一下，立刻說明自己的想法。

「如果五一〇有警衛，會不會是人造人？警衛應該不是人類。你也知道，因為人是絕對守不住祕密的。」

「哎！那個誰會知道！反正不能用槍啦。」

「又不是一定要用，只是為了緊急狀況準備的，誰知道進到裡面會發生什麼事？不是嗎？」

「是沒錯啦，但是用槍還是不太好……」

「只是帶著而已，田鼠先生，這樣沒關係吧？」

「呃，我是無所謂啦，但是秋刀魚呢？」

「哎——」

崔記者不知為何有種預感，覺得必定會發生需要用槍的狀況。

✧
✧

終於到了行動當日。

崔記者、秋刀魚和田鼠在洞穴中將地圖展開。

「咳咳！按照衛星照片，這上方就是中央建築物的內部。五一〇地區中，這個地方最可能有外星人。」

崔記者和秋刀魚檢查掛在脖子上的照相機。田鼠雙手拿著無聲也無振動的鑽子。

「準備好了嗎？隨時都要上去喔。」

「學長，準備好了嗎？」

「嗯，開始吧！」

三人點了點頭，田鼠小心翼翼地開始對著天花板鑽洞。由於不曉得上頭有些什麼在等著他們，三人都一臉緊張兮兮。

過了一會兒，一點一點打掉泥土的田鼠停下來小聲地說。

「挖好了。」

三人交換了一下眼神，把帶來的梯子立在洞的下方。崔記者最先把頭伸出洞外。

「幹！」

「怎麼了？」

洞口外不是建築物內部，而是野外。

「是外面啊！」

「什麼？幹！那怎麼辦？要再挖嗎？還是下次再來？」

崔記者觀察了四周，思考一下。幸好沒發現任何人的動靜。

「不行啊！要怎麼把這個洞補起來？要是天一亮這個洞被發現就完了！硬幹吧！」

「呃……」

沒有辦法，三人只能小心地爬出洞外。

「學長，要往哪裡走？」

「先爬到那個建築物的外牆！」

三人盡可能以趴低的姿勢匍匐前進，來到最近的建築物外牆，再慢慢觀察周圍的狀況。
「幹，中央建築物在那裡啦！」
「咳咳！看來我們有點算錯了……嘖！」
距離中央建築物一百公尺左右，幸好完全沒有警衛的蹤跡。
「學長，怎麼辦？就這樣跑過去嗎？」
「不不，還是小心一點好了，貼著建築物間的牆慢慢靠近，跟我來！」
崔記者壓低身體、快速在建築物之間跑著，其餘兩人跟在後頭。
他一點一點前進，在只剩三十公尺的時候——
「誰？怎麼搞的？是誰？」
「！」
他被兩名正在巡邏的武裝警衛發現了。
戴著防毒面具的警衛快速地拔槍指著他們三人。
「不要動！你們是誰？一般人嗎？怎麼會？」
三人不禁一陣絕望，站在原地不敢動彈，被槍口指著的話什麼也不能做。
「雙手舉高！」

「他媽的！」

「都還沒開始說……」

三人像是等待處置的俘虜一樣順從地舉起雙手、轉向警衛。警衛舉槍，慢慢靠近。

此時，田鼠像是使出腹語術似的低聲說道。

「呃，旁邊沒有別的警衛吧？我手上有電擊棒，我衝向他們、爭取時間，你們直接朝中央建築物跑。」

「？」

聽完，秋刀魚嚇了一跳，小聲地說。

「田鼠哥，你瘋了嗎？是找死嗎？沒看到他們拿了槍嗎？」

然而田鼠像是要說什麼似的嘴脣一直動來動去，欲言又止……過了一會兒，他終於說出口。

「我其實……是人造人。」

「！」

「什麼？哥？你說什麼？」

田鼠苦笑了一下。

「像我這樣的天才發明家會住在郊區都是有理由的啊……咳。」

「……」

兩人一句話也說不出來。

「我沒那麼容易死掉。我跑過去阻止他們，你們趁機前往中央建築物——一定要拍到外星人的照片！拍到之後無條件要先給我看喔！」

最後兩人什麼話也沒說。

兩名警衛走到大約十公尺的距離時等了一會兒，田鼠開始數數。

「一、二、三——呃呀！」

「幹什麼？給我停下來！開槍囉！再動就開槍囉！」

「不要開槍，你這傢伙！」

崔記者和秋刀魚咬緊牙關、全力奔跑、頭也不回，一個勁兒往中央建築物衝去。

還好後頭沒聽見槍聲響起。

到達中央建築物大門時兩人回頭看了一下，只見兩名警衛和田鼠扭打在一起。

「田鼠哥！」

「快進去！沒時間了！」

崔記者先把門打開，進入建築物內部，秋刀魚緊跟在後。

兩人一進到內部就像無頭蒼蠅般在走道上跑了起來，但是遇到轉角，一轉彎就——

「幹什麼？你們是誰？不要動。」

他們被一名拿著槍的警衛擋住了去路。

「你們是誰？一般人嗎？怎麼進來的？」

兩人停在原地，全身僵硬。秋刀魚再次放棄。看來到此為止了。

但是崔記者一臉不肯妥協的樣子，緊咬著牙打量警衛，他問道。

「喂你——你是人造人吧？」

秋刀魚沒想到崔記者會這樣問，很快轉頭看著他。

「學長——學長？」

「到底在說什麼啊？雙手舉高！」

當警報聲變大，崔記者再次問道。

「喂你！是不是人造人？」

「學長你在幹麼？你到底在想什麼！學長，別這樣！」

「你們到底打算做什麼？」

「你們是人造人嗎？回答我呀！」

「放屁，我為什麼是人造人？」

「學長，不要這樣！學長！」

崔記者咬緊牙關。都來到了這裡，不能就這樣放棄，必須要做出什麼成績給妻子看，必須給她看看我真正的記者魂。

崔記者慢慢地往口袋裡伸手。看到這一幕，秋刀魚十分驚訝！

「學長！不要！學長！別這樣！學長！」

「喂你！我叫你把手舉高！」

崔記者睜開閉著的眼睛，然後——

砰！

「學長！」

在面罩底下睜大雙眼的警衛掉了槍，整個人往後倒。

「學長，你瘋了嗎？」

崔記者無視秋刀魚的尖叫，立刻奔向前，把倒下警衛的面罩脫掉，大聲說。

「痛嗎？會痛嗎？回答我！痛嗎？你會痛嗎？」

警衛用手摸著自己的身體，不斷發抖的他不敢置信地睜大眼睛，顫抖著雙脣。

「我……我竟然是人造人……我……我……竟然是人造人……我！」

「啊！」

崔記者鬆了一口氣，秋刀魚立刻跑過來抓住崔記者的領口。

「學長，你瘋了嗎？你是不是瘋了？」

崔記者甩開秋刀魚的手，撿起警衛的槍。

「沒時間了！快點！」

崔記者立刻跑到走道那一邊，秋刀魚看了失魂落魄的警衛，咬緊嘴脣跟在崔記者身後。

兩人不停向前跑。崔記者帶頭在走道轉角轉了彎，終於來到走道盡頭，發現了貼著警告文字的門。

「那裡！就是那裡！秋刀魚，在那邊！」

「學長！」

崔記者沒有等秋刀魚，先快速地移動腳步，但在轉眼之間——

砰！砰！砰！砰砰！

「？」

「學……學長！」

迅速轉過頭的崔記者看見在轉角噴血倒下的秋刀魚。

崔記者腦袋一片空白。

秋刀魚倒在地上吐著血。

「秋……秋刀魚？」

崔記者立刻跑到秋刀魚身邊。

秋刀魚的頭往旁邊倒下。

秋刀魚的面孔漸漸扭曲，糾結在一起，皺成一團，眼裡不停流出淚水。

秋刀魚扭曲的臉孔淌下淚水，他說——

「學長……學長……為什麼我不會痛？嗚！學長，我為什麼不會痛？嗚嗚！學長，我為什麼不會痛？學長！我為什麼不會痛？你說話呀！學長！」

「秋……刀魚！」

「嗚，學長！你告訴我！學長，我為什麼不會痛？學長，請告訴我！學長！我為什麼不會痛！嗚嗚！我為什麼不會痛！」

「！」

崔記者往後退了一步。他不敢相信和自己有二十年交情的秋刀魚是——秋刀魚怎麼會是——

噠噠噠噠！

一陣軍靴的跑步聲，崔記者恍然清醒。

「秋刀魚！」

「學長！嗚嗚！」

咬著牙的崔記者拚了命轉身就跑，跑到貼有警告文字的門那裡。

剩下十公尺多的時候，崔記者舉槍對著門把一陣亂射。

砰！砰！砰砰砰！砰砰砰砰！

崔記者維持同樣的頻率，不停用身體去撞被打爛的門。

哐噹！

崔記者的身體撞破門，打了一個滾，進入守護了五十年祕密的五一〇地區之樞紐。

快速起身的崔記者環顧四周。

有個鐵籠，有個關外星人的鐵籠。

崔記者很快朝鐵籠跑去，使盡全力奔跑。

但是——

越是接近鐵籠，崔記者的腳步卻慢了下來。鐵籠裡面沒有外星人，沒有外星人在籠裡。

只有十幾個驚呆的人，睜大眼睛看著崔記者。

崔記者渾身充滿強烈的空虛感，隨即像是被雷打到似的全身顫抖、僵在原地。

他發著抖，瞠目結舌，瞳孔不停地震動。

崔記者念出掛在鐵籠的說明牌內容。

瀕危動物：人類

「……」

在聚集許多人的記者會現場。

崔記者一走上臺，記者全部抬起頭看著他，現場人聲鼎沸。崔記者從臺上往下看著記者，開口說道。

「大家好？我是出櫃專門記者，崔記者。」

眾人安靜下來，所有相機和記者全聚焦在崔記者一人身上。

崔記者以清澈的眼神、端正的神情，對著麥克風開口說道。

「我今天來到這裡，是為了幫全人類出櫃。」

那一天，人類明白了一個再明顯不過的事實，一個揭露我們都一樣的事實。

我們全都是人造人。

神的願望

某一天，突然之間，全世界人類的腦中聽到了神的訊息。

我會滿足你們一個願望，不管許什麼願望，我都會幫你們實現。人類代表啊，於今天晚上十二點說出願望吧！

幸好，全人類是同時聽到訊息，所以能百分百避免可信度的爭議，並迅速將意見凝聚在一起。

但是沒過多久，天空一瞬間直射出光柱。怪的是，世界各地都可以看得到那個光柱的末端指向某一間監獄。

光柱照在被關在監獄的囚犯傑克身上。

讓我們暫且忽視建築物和隔板等等一切，照在傑克身上的光柱是神聖的。可想而知，神所說的人類代表應該就是傑克。

人類最關心的消息很快就傳遍全世界，所有人都感到十分慌張。

為何偏偏是傑克？為什麼是連環殺人魔傑克呢？

雖然令人慌張，但是實在沒有辦法。本來是死刑犯的傑克立刻被移送到五星級酒店，得到了最高級的禮遇。

全世界都在討論要許什麼願望，提出了很多選項。

像是解決地球暖化、世界和平、延長人類壽命、替代能源、進軍宇宙等等。

但是問題在於傑克。不管人類決定什麼願望，如果傑克不許，只是白費力氣。

這時，有人說話了。

「怎麼能夠相信連環殺人魔傑克？人類很有可能因為傑克的一句話全數滅亡！」

這個人的擔心十分合理，因為神的祝福而興奮不已的人類，突然覺得也許這一切會變成一場大災難。

人類考慮了一下。難道大家要跪下來求傑克嗎？傑克會答應人類的請求嗎？要在這危險的賭博中賭上人類的命運嗎？

這時又有人說話了。

「請立刻執行傑克的死刑！」

他的意見得到許多人的共鳴。人類真的不能孤注一擲，相信連環殺人魔。

就這樣，連環殺人魔傑克在到達五星級酒店過後兩小時，就被拖到行刑場執行了死刑。

但是人們又再次感到恐慌，因為照在傑克身上的光柱並沒有消失。

因為各種推測，大家陷入恐懼，一直到那天晚上十二點，全世界的目光都集中在傑克的屍體上。

但是，和人們的擔心不同，一過十二點，原本照在傑克屍體上的光柱神奇消失、散得無影無蹤。

取而代之，全世界的人類又聽到了神的訊息。

明天晚上十二點再次許願吧！

然後，立刻又有光柱照向別處。

光柱附近的人們很快走向光柱，並且發現第二道光柱的主角是瑪勒克斯。

瑪勒克斯是缺了一手的殘障人士，他在光柱之中大聲喊叫。

「我的願望是讓全世界的殘障人士痊癒！」

人們也支持他。雖然有人表示可以許下更好的願望，但是也沒有正當理由反對天選之子的意願。

很多人在入睡前期待著明晚的願望能夠實現。

但是到了早上，情況變得不同。

獲選為人類代表的瑪勒克斯個資被全部揭露，各種聲浪開始爆發。

「瑪勒克斯本來是戰爭軍人！他殺了許多人，才在戰場上失去了一條腿！」

「瑪勒克斯直到最近還在接受精神治療！他的狀態很不穩定！」

「瑪勒克斯每天喝酒！每次喝醉，他都會說那些共產黨都該去死！他是個對過往敵人充滿怨恨的危險人物！」

人們動搖了，怕萬一有個什麼閃失，不知道瑪勒克斯會不會給人類帶來可怕的結果？

輕而易舉，這分擔憂像是雪球般越滾越大，只要看幾個關鍵詞即可：精神治療、戰爭殺人、酒精中毒。

對人們來說，瑪勒克斯實際上是什麼樣的人並不重要。

天黑之前，有人表示：

「殺掉瑪勒克斯！」

有人同意。

「沒錯！在瑪勒克斯許下危害人類的願望前殺掉他！」

在逐漸高張的氣氛中，人們立刻受到影響。

最後，瑪勒克斯沒活過十二點，立即被橫空飛來的子彈射中，奪走了性命。

人們看著瑪勒克斯的屍體，再次等待神的降臨。

過了十二點，瑪勒克斯屍體上的光柱消失，眾人又再次聽到神的訊息。

明天晚上十二點再次許願吧！

光柱又照在世界上的某個地方。

第三道光柱的主角是一個平凡的男人，金先生。

不到一個小時，平凡金先生的過往又被公諸於世。

「金先生曾經酒駕被抓過！」

「金先生吃狗肉！」

「請看一下金先生過去的網路發言！」

「金先生……」

人們非常嚴格。就算金先生犯下的罪輕如鴻毛，人們的評價也完全不同以往。對大家來說，金先生是哪種人根本不重要，只要有一點瑕疵，就會被當成人類滅亡的導火線。

又有人說話了。

「那種品性的傢伙如果許下對人類不利的願望該怎麼辦？為了人類的安全，

還是殺掉他吧！」

受輿論影響的人們同意了。

就這樣，金先生因為不夠完美，被橫空殺出的刀刺中，失去了性命。

人們看著被光柱照射的金先生屍體，再次等待神的降臨。

明天晚上十二點再次許願吧！

第四道光柱的主角是世界財閥史古基。

史古基從一開始就留意著傑克、瑪勒克斯和金先生的下場，他迅速發表宣言。

「我不會為人類許下什麼願望——我會許下讓我自己長生不老的願望！我的願望非常個人，只為自己！所以不會危害人類，這點所有人都會認同的！」

他的說法妥當無誤，已經有很多人說要許下長生不老的願望，沒有人會不相信。而且史古基的願望完全不會危害人類。

但是有人嫉妒。

「為什麼史古基可以獨占人類的願望？」

「可以允許人類長生不老嗎？」

「他是個傲慢又自私的人！沒有資格許願！」

最後，因為輿論，人們又再次高喊。

「殺掉史古基吧！」

「在史古基許願前殺掉他吧！」

史古基驚慌失措。

「各位等一等！如果是這樣，那我許別的願望！我會為人類許願的！」

但是他並沒有能力阻止陷入瘋狂的人們。

「史古基的話不能相信！」

「像史古基這種什麼都擁有的人，絕對不會為了別人做什麼的！」

「殺掉史古基吧！」

那天，從宅邸逃出、乘坐防彈車的史古基被發瘋的群眾放火燒死了。

人們看著被光柱照射著的史古基屍體，再次等待神的降臨。

……這次是最後一次了。明天晚上十二點再次許願吧！

人們沒想到有最後一次這種事，不禁驚慌失措，因此也變得更加慎重。

找到第五道光柱的主角時，人們終於恢復了一點理智。

光柱的主角是個八歲的少女，人們很快開始評估她。

少女的家人遠離塵世，一輩子都在山中耕田，和大自然一起生活。對此，人們感到十分滿意。

少女從出生至此一次也沒有離開家裡，除了父母之外沒見過其他人，沒有沾染俗世氣息，非常純真。對此，人們滿意到不行。

他們一家人都吃素，連昆蟲都不忍殺生。人們滿意到不行。

這家人對於現在幸福的生活很滿足，完全不貪戀俗世，人們滿意到不行。完美，最終，人們一點瑕疵也找不到。

然後，少女回答了。

「爸爸說，世上最重要的價值就是平等！我希望世上所有人變得平等！」

平等！少女的回答又再次令眾人滿意。人們稱讚少女正直又聰明。

當然還有更多有用的願望，但為了不玷汙少女的純真，人們同意不強迫她許下其他願望。

人們第一次在光柱中看著活人等待神的降臨，等待一個變得平等的世界。

就這樣，十二點到了。

許願吧！

天真爛漫的少女露出開朗的笑容，許下了願望。

——少女的願望比傑克、瑪勒克斯、金先生、史古基的願望都要糟糕。

我希望所有活著的東西都變得比人類聰明！

人們完全不曉得一切到底是從哪裡開始出錯。

連蟑螂都能回答這個問題的世界誕生了！

有六根手指的新人類

新聞快報！二〇五五年五月五日，統一政府終於通過了人工進化法案！

之後出生的所有小孩一手會有六根手指，總共十二根指頭。製作手套的公司之後必須研究設計出六根手指的手套。

推動這個政策的人們這樣主張：

隨著技術的日益發展，人類可以直接進行的勞動逐漸消失。物流、農活、建設、打掃，其他勞動，這個世界已經改變，只要一聲令下，機器人就會幫忙執行。未來人類唯一能做的勞動就是打鍵盤，如果人類有六根手指，就可以更加熟練地操控鍵盤，對個人來說，雖然效果很小，但是以全人類來看，人類的經濟發展速度最少可以增加百分之十。

提出主張的同時，這些人也發表了確實可執行的方法。

從懷孕時期，就透過簡單的微手術增加胎兒的手指，而且完全沒有副作用。

即使如此還是有很多人反對。

「人類不能跨足神的領域！」

「如果有六根手指，那是殘障人士，怎麼會是新人類？」

「如果這樣，原本五根手指的人類和六根手指的新人類必須活在同一時代，嚴重的話恐怕只會差一歲，彼此卻是不同的人類，還得在地球上共同生存……這一定會發生極為嚴重的世代差異問題！」

諸多示威活動和反對輿論非常激烈。

即使如此，政府還是在地球人類大藍圖的名目下推動了政策，並通過了正式法案。

人們躲避不了，統一政府已經登錄了地球上所有的人類，每名孕婦都被迫接受人工進化微手術。

國民雖然不滿，但事已至此，也沒有其他的辦法。

隨著時間流逝，有六根手指的小孩一個個誕生。

許多父母都很擔心，但是出生的小孩都沒有副作用。

本來以為第六根手指會像腫瘤般帶來不便，卻完全沒有這樣，也毫無違和感，那手指充分發揮了作用。

有些父母看到孩子的手指和自己不一樣，心情變得很是複雜，但是……

「往好的方面想，如果太早生下來，一出生就會成為舊人類！能夠出生為新人類不知道有多麼的幸運啊！」

「那倒是。」

話說得沒錯。雖然有點陌生，但是人們很快就適應了。那些同一時間出生的新生兒都有六根手指，這點讓他們安心不少。

當新人類正式誕生，舊人類的心情則變得很複雜。

「哇……現在人類真的一出生就是六根手指了嗎？不會再有五根手指的人類了嗎？」

「我們是最後一批擁有五根手指的人類啊！再過一段時間，我們就會成為只在教科書上出現的舊人類了。」

「怎麼可以這樣？我的小孩只和他們差一年，卻沒有辦法誕生成為新人類！」

「不是說新人類精通鍵盤操作？如果新人類長大，我們不就被新人類給比下去了嗎？」

「那些小孩只要開始上學……我們的小孩該怎麼辦？如果覺得自卑該怎麼辦？」

人類在期待和憂慮中見證了新人類的誕生。

但是——

統一政府的政權輪替了。

各位國民！我們要在此揭露人類人工進化專案的貪腐黑幕！所有研究發表都是偽造的！這一切都是祕密實權者〇〇〇先生的企業為了貪汙公款犯下的行為，〇〇〇先生挪用的金額高達兩百兆元……

人們受到了衝擊，有六根手指的新人類可讓經濟發展速度增加百分之十的研究結果全是偽造，多數贊成法案的投票結果也是捏造的。

整個地球都在議論〇〇〇，而其中最受衝擊的是這些人——

「什麼呀？那要我們的小孩如何是好？」

他們是生下六根手指小孩的父母。

謊言滿滿的人類人工進化專案被全面取消，人們和原來一樣，生下五根手指的小孩。

只有因為專案生下的小孩擁有六根手指。

他們的父母覺得眼前發黑。

「太不像話了！政府隨便強迫我們，現在又說都是假的，這是什麼鬼話？開什麼玩笑！」

「幹！祕密實權者、貪腐什麼的我不管！總之照政策走！未來也必須繼續讓六根手指的小孩出生！」

新人類的家人組織了一個團體進行抗議、訴訟和示威，但是他們是少數派。大多數的人們雖然覺得他們很可憐，但是……

「那也沒有辦法呀。哎！就算這樣也不能把未來要出生的小孩變成六根手指啊，那是不正常的。」

「對呀，一開始就很奇怪嘛！六根手指什麼的，五根手指才是正常人啊！」

「天啊！那些因為專案出生的小孩何罪之有？太可憐了！到底該怎麼辦呢？」

一切都無法挽回了。

輪替政權連像樣的補償都不願意給。祕密實權者○○○雖然被關在監獄，但是沒有辦法沒收他藏起來的財產。兩百兆元的財產中連一兆都收不回來，根本不足以彌補付給受害者的補償金。

新人類的父母流下血淚。全世界同時發生多起手指移除手術，但是這麼做並不容易。第六根手指長得非常完美，移除一根會讓動作變得不自然。年幼的小孩因為痛楚而大聲哀哭，就算手術完成，一輩子也只能不便地生活。

於是醫生勸告，不如把第六根手指留下來。但是父母無法妥協。

「光是想到小孩成長過程中受到的差別待遇，我們每天晚上都輾轉難眠！因為有六根手指，不知道會受到怎樣的嘲笑和歧視！」

「……」

人們予以同情，媒體也大規模挺身而出安慰他們，謀求解決方法。

不管發生什麼都不能對他們差別待遇！他們會這樣出生都是因為我們人類的愚蠢錯誤！絕對不能讓他們被歧視！

全人類都同意這個主張。

即使翻遍整個人類歷史，也找不到像這次那麼衝擊的情況。人們強烈而積極地同意這個想法。

新人類成了這個時代的傷痛，所有人都發誓會站出來幫助。

為了不讓新人類在成長過程中被歧視，除政府、教育、媒體、國民意識之外，大家全面動員、積極反對差別待遇。

絕對禁止醜化六根手指。法規必須比禁希特勒、黑人奴隸更加嚴格。

某世界級巨星因為酒後在SNS寫了一句醜化新人類的言論，就遭到社會死亡，甚至無法復出。

即使如此人類還是感到不安、還是心存疑惑。

真的沒有差別待遇嗎？不管怎麼努力，真的可以讓那些可憐的孩子不受歧視嗎？手指數量不同耶？恐怕很難吧？

擔心的人對差別待遇極度敏感，因此帶來了驚人的結果。

「什麼？是誰歧視殘障人士？法律為什麼會這樣？」

「竟然到現在還有種族歧視？這是怎麼搞的！各電視臺不報導是在幹麼？」

「啊？有人差別對待性少數者？到現在同性結婚竟然還沒合法？」

「世界搞成這個樣子，以後新人類小孩長大後可以和平相處嗎？」

國民就連小小的差別也會發怒，無論什麼都積極出面。政府透過系統和法律盡全力支援，各大媒體不斷報導那些需要改進的差別待遇。

社會氛圍至此，不管差別待遇了什麼，這麼做的人都是史上最愚蠢的笨蛋，被社死只是剛好。

不過……

「這是可能的嗎？」

世上所有差別盡皆消失，就連人們都覺得驚訝，竟然能夠做到毫無差別待遇？

時間流逝，就算新人類的小孩長大成人，也沒有人嘲笑有六根手指的小孩，孩子自己也不會覺得丟臉。

六根手指對他們來說，再自然不過。

數位高麗葬

虛擬實境家人引進邁入第十二年！至今還有人用數位高麗葬這個不太好聽的名字稱呼它……

「嗯……」

看著電視新聞的金南宇表情變得不太自然。

身旁的妻子任汝雨對他開口。

「今年不是該去升級爸爸了嗎？已經有四年沒有升級了。」

金南宇考慮了一下，搖了搖頭。

「又沒有錢……我們明年再升級吧！」

「去年你也是這樣說。」

「明年再說吧。今年珍珠上大學，要花錢的地方太多了。」

「……」

任汝雨有點不太高興，卻不再開口。因為丈夫對父親的事很敏感，任汝雨不想和他吵架。

政府支援方案會負擔一部分的掃描費用……

「……」

金南宇突然拿起智慧型手機，連上很久沒有連線的虛擬世界。

影像中的父親看起來很幸福。

他和兒子、媳婦、孫女一起在烤肉店笑著吃東西。

「……看起來很幸福。」

金南宇點了點頭，中斷了連線，身旁的任汝雨則一臉落寞地看著他。

當地球人類達到飽和狀態，政府研發出方法，讓人移民到數據上的虛擬地球。

人類當然堅持反對。沒有人想移民到虛擬地球。

但是有一點成為關鍵，畢竟這是政府大規模推行的政策：

非勞動人口的老人不送到療養院或老人活動中心，而要移民到虛擬地球。

其實，老人撫養一直是社會的一大問題。已經有很多老人和家人分開，過著獨居的生活，甚至，被家人拋棄的老人也很多。

如果是和子女分開、住在療養院，還不如在虛擬世界和家人住在一起，這是政府的提倡。

老人若拋棄現實世界的肉體，移民到虛擬世界，就沒有生物層面的維持費用。而且，因為健康問題而身體不舒服的老人，在虛擬世界也可擁有健康的身體。再加上整個家族可透過大腦掃描，讓這個完美家族虛擬化身和老人一同生活，對老人來說這與實際人生完全沒有差別——甚至更好。因為他們可以和不能住在一起的家人在一起。

因為虛擬世界中的老人不會知道那裡是虛擬世界——政府的廣告詞就是這麼說的。

只是睡了一覺，醒來就和親愛的子女們在一起，我實現了我的夢想。

只是一開始遇到了極大的反對聲浪。甚至還有人說這實質上根本等同謀殺父母，也被冠上不是很好聽的「數位高麗葬」的名稱。

即使如此，因為老人自發性的參與，外加子女的說服，逐漸實現了虛擬地球移民的行動。

雖然許多人出言辱罵，表示這是違反倫理的行為，但是當事人看見自己的虛擬化身和父母一起生活，都感到十分滿足，因此他們總是這樣反問。

「那些一年連兩次都不去探望父母的人有資格罵我們嗎？」

「……」

漸漸，人們發現了移民虛擬實境的各種優點。

不管在哪裡，只要連線就能看見父母健康幸福的模樣，撫養費完全減免——反正是掃自己大腦的虛擬化身。那些化身偶爾也會和父母吵吵架，現實狀態十分完美，加上政府各種優惠的支持，漸漸，擁護移民的人變多了。

但是，有一個缺點。

虛擬世界中，家人的虛擬化身需要定期更新。

如果老人的孫女在高中時進行了大腦掃描，在虛擬世界中的孫女永遠都是高中生。

這是理所當然的。因為是取自現實家人的虛擬化身，老人才沒排斥移民。如果和現實不同，是能隨便改動的人工智能，也許就沒有人要這麼做了。

移民老人的家人通常會透過一年一次的大腦掃描，更新虛擬世界中的虛擬化身。但是大腦掃描的費用要價不菲，這才是問題所在。政府只有第一次免費支援，之後的更新就由家人全額負擔。

於是，和早期相比，延後兩、三年才做大腦掃描的家人越來越多。

當然就算沒更新也無妨，反正老人也不會發現家人沒有改變。就像漫畫中的蠟筆小新永遠都是幼稚園那樣理所當然。

然而在孝道方面，這情況產生了爭議。

「把自己的父母送到虛擬世界還不更新？這和拋棄父母有什麼差別？」

「……」

儘管如此，延後更新的人還是持續增加，甚至連線到虛擬世界探望父母的頻率也越來越少。

神奇的是，就和現實世界一樣，那些在現實中不去探望父母、不關心的人，就算移民到虛擬實境奉養父母，行為也並無二致。

有人用了一句話形容這個服務——讓心中的內疚感得到「我已做到應盡本分」的免罪符。

✧ ✧

「爸！」

從美術學院走出來的金珍珠看到金南宇的車，跑了過來。

金珍珠一上來，車子立刻出發。

金南宇偷瞄正在翻包包的女兒，然後說。

「要吃完晚餐再回家嗎？」

「真的嗎？那爸，我想吃生拌牛肉！」

「生拌牛肉？好，我打電話跟媽媽說一下。」

金珍珠一邊哼歌一邊用手機傳了訊息。

「今天怎麼那麼早結束呀？」

「啊，老師今天做大腦掃描，休息一天。」

「這樣啊？老師的父母也移民了嗎？」

「嗯嗯。」

發完簡訊的金珍珠，轉頭看著金南宇。

「這次政府說會提供優惠，我們不做嗎？」

「這個嘛……」

「爺爺現在還以為我是中學生不是嗎？如果爺爺知道我去年得獎的事，一定會很高興的。」

「……」

金南宇一臉不自在，對金珍珠說。

「我容易頭痛，不太喜歡做大腦掃描。等妳上大學之後再做吧！」

「這……」

金珍珠看了一下金南宇的表情，小心翼翼地問道。

「爸爸就那麼討厭爺爺嗎？」

「……」

「所以才送爺爺到虛擬地球？」

「不是啦，爺爺身體不太好，爸爸是為了讓他的餘生能夠更舒適，才送他去的，他在那裡會更幸福。」

「……」

金珍珠輕輕點了點頭，不再說話。
金南宇的表情不禁一沉。

「太好吃了！」
金珍珠開開心心吃著入口即化的生拌牛肉，那誇張的撒嬌表情讓金南宇忍不住露出笑容。
由於這光線明亮的生拌牛肉店家沒什麼客人，他本來有點不安，幸好味道還不錯。
「妳到底像了誰才會這麼愛吃生的東西？」
「像爸爸呀！」
笑鬧中，金珍珠把生牛肉放到口中品嘗，接著說。
「不然是像爺爺嗎？」
「哼。」

金南宇也夾了一塊生牛肉。

「也是，爸也很喜歡，生牛肉超適合當下酒菜。」

「……」

金南宇嚼著生牛肉，但餐桌上並沒有酒。因為他酗酒嚴重的父親，金南宇滴酒不沾。

——直到三年前。

因為升職的關係，他沒有辦法，必須喝酒。喝下令人厭惡的酒雖然不情願，但是血統可是騙不了人的。他很能喝。

金珍珠靜靜望著金南宇，正經八百地說。

「爸，今年幫爺爺更新一下吧！爸是怕喝酒的事被爺爺發現嗎？」

「……」

「沒關係的，爺爺會理解的，也不能一直讓爺爺和四年前的我們一起生活啊。」

「……」

金南宇沒有回答，表情僵硬。

他腦海中想起過去令人不太舒服的記憶。

就是因為這樣才要您移民啊！

你這個不孝子！乾脆殺掉我好了！虛擬實境什麼的都是狗屁，這根本就是弒父的行為！

不是這樣的，要跟您講幾次？移民對爸爸比較好！以您現在的身體狀況，還可以再活幾年呢？

我倒不如在現實中死掉就死掉，我不去那裡！

我是因為太難受才這麼做的！每天看見爸您喝酒，喝完酒發酒瘋！看見您那個樣子我太難受了！

……

您知道我為什麼不跟您一起住嗎？因為太丟臉了！對汝雨和珍珠我都感到丟臉！爸不覺得丟臉嗎？想想因為爸每天喝酒而過世的媽媽，您不覺得丟臉嗎？

……

所以請移民吧！我沒有辦法再照顧您了。我沒有辦法——我不想再照顧您了。

……

金珍珠一臉可惜地對著默然不語的金南宇說。

「爸，就算大家罵移民是數位高麗葬，我還是覺得不是。身體不舒服的爺爺可以健健康康在一個美好的地方和我們全家一起生活，我覺得很好。但是，不更新是不對的。我什麼時候上高中？我喜歡什麼？我做了什麼？我們全家去哪裡旅行？這些我都想和爺爺分享，好不好呢？」

「……」

金南宇直到最後都沒有答話。

✧

週末清晨，任汝雨和金珍珠正在客廳看電視，母女兩人一邊看著新聞一邊聊天。

「大腦掃描的優惠只剩下一週了。」

「爸還是不想做嗎？」

「好像是。」

「哎！」

金珍珠突然想到，拿起手機，連線探望了爺爺，也順便偷瞄了一下任汝雨，移過去讓她問候。

「您起床了啊？」

「喔，在吃飯啊。」

畫面中的爺爺和家人正在吃飯——和四年前的任汝雨、金南宇和金珍珠。

「我們也吃飯吧！去叫醒爸爸。」

金汝雨走向廚房，金珍珠則走進主臥室。

✧
✧

一家三口的早餐桌上擺著明太魚湯。

因為宿醉，金南宇一臉痛苦地用湯匙舀明太魚湯來喝。

「唉唷……」

「你也少喝點酒吧！」

任汝雨說話的時候瞪了他一眼，金南宇用手壓著眼睛。

「老闆沒去，我也沒有辦法。」

「哎。」

這時，金珍珠突然大聲說道。

「爸！聽說大腦掃描優惠價剩下一週了！」

「是嗎……」

「截止前去更新吧！」

「呃啊……」

看到金南宇這次也逃避回答，金珍珠火大地說。

「爸！你老了以後要是移民，難道希望我不做大腦掃描嗎？」

「什麼？」

回頭看女兒的金南宇不禁愣住，他從來沒想過這件事。

等我老了，移民到虛擬世界，女兒會像我對爸爸一樣，把我送去那個地方？

「……」

金南宇不禁有些反感，他覺得厭惡，也有點傷心。

同時他也有點厭惡自己。他強制爸爸移民，自己卻不想，真是笑話。

但是，他和爸爸不同。他又不是酒精中毒者，老了也不會造成子女負擔。

「爸？」

「啊——」

不對，也許根本就是一樣。他現在不就因宿醉而苦嗎？那麼他要如何保證未來呢？

等他老了，也許也得像爸爸一樣移民到虛擬世界。最重要的是，現在女兒的表情就說明了她會這樣做。

這是再自然不過的事，女兒完全沒有露出講了什麼壞事的表情。

也是，她從小就看著爺爺生活在虛擬世界，對女兒來說，這也許只是一種習慣。

他湧上些許傷感。這和以前的高麗葬沒有什麼不同。

「……等妳明年上大學再做吧。」

「哎！爸！」

金南宇故意一口氣喝光明太魚湯，中斷了對話。

由於突然想像起自己的未來，他的心情開始變得很複雜。

獨自坐在廁所的金南宇拿出手機觀看父親的影片。

「……」

影片中的父親正在笑，金南宇的表情卻很嚴肅。

想到未來自己也許也會生活在這手掌大小的影片中，他就笑不出來。

送爸去移民真的不值得嗎？這麼做過於草率了嗎？是我太自私了嗎？

金南宇用手摸了摸畫面中的父親。

「爸……」

✧
✧

吃晚餐前，金珍珠急急忙忙地跑向金南宇。

「爸！你看這個！」

「什麼？」

金南宇看了金珍珠遞過來的手機畫面。那是爸爸和家人一起外出用餐的模樣。

金南宇一臉不解，金珍珠則大聲地說。

「看看這個桌子，爸不覺得奇怪嗎？」

「怎麼了？」

「哎喲——你看，在生拌牛肉店吃飯卻沒有酒！爺爺好像戒酒了！」

「什麼？」

嚇了一跳的金南宇看向畫面：真的沒有酒。

「怎麼可能？爸怎麼可能會戒酒？」

「仔細想想，我最近都沒看過爺爺喝酒的樣子！好像真的戒了！」

「……」

金南宇的瞳孔震動，無酒不歡的父親竟然會戒酒？
「不可能啦，可能是那間店沒賣酒吧！」
「不是這樣！」
「我不知道。」
金南宇搖了搖頭。就他認為，這是絕對不可能發生的事。

「……」
金南宇在辦公室看著螢幕一角播放的影片，不禁愣住。
金南宇整天注視著父親的影片。
但是父親沒有喝酒。嗜酒如命的父親一口酒都沒有喝。
為什麼呢？金南宇心中充滿了疑問。
連母親過世時都沒能戒掉的酒，到底是怎麼戒的？
金南宇想問父親為什麼戒了酒——為什麼現在才戒？

但是他沒有辦法問。他沒有辦法和虛擬世界的父親見面，一切已經無法挽回了。

「……」

他有點後悔了。

自己為什麼那麼急著要父親移民呢？

因為他覺得父親永遠戒不了酒？他忍受不了酒精中毒的父親？

金南宇不禁冒出不太愉快的表情。

今天，好像該喝點酒了。

「我回來了！」

打開玄關門進來的金南宇已酩酊大醉。

「呃——酒味！」

「我的女兒呀！」

金南宇抱了抱女兒，金珍珠摀住鼻子，皺了眉頭。

「為什麼你喝了這麼多酒？」

「喔喔我漂亮的女兒！」

「哎喲！酒味好重！」

金南宇硬抱住金珍珠，低喃著說。

「別讓我移民。」

「什麼？」

「啊。」

「什麼？」

金珍珠從金南宇的懷中掙脫，驚訝地問。

金南宇靜靜看著女兒。

「我不想移民……爸就算老了也不要送我去虛擬地球，我不想去……爸不想像爺爺那樣永遠和妳分開……」

「……」

金南宇的眼眶泛紅。

金珍珠默默看著金南宇。

「——爸，別擔心，我一定會每年幫你更新一次。」

「！」

金南宇內心受到極大衝擊。

金珍珠一副沒事人的模樣，接著說。

「我的虛擬化身會和爸爸一起老去，所以不用擔心！」

「……」

女兒這樣自信的發言讓金南宇不知該說什麼。

在關了燈的房間裡，金南宇露出虛脫的表情望著天花板。

爸也是這樣的嗎？我勸他移民時，爸的心情也是這樣的嗎？

我好像能夠理解爸為什麼火冒三丈地反對移民。

「……」

不過，爸是如何下定決心的呢？本來那麼討厭，為什麼會突然改變心意、答應移民呢？

難道是因為對我心灰意冷？金南宇不禁心痛。

「爸！今天是優惠最後一天！從明天開始恢復原價喔！」

「……」

金南宇看著女兒，已經是高中生的她變得這麼聰明，似乎也該給爸看一下女兒現在的模樣。

但是……

「明年吧！等妳上大學再做吧！」

「哎喲，真是的！」

金南宇果斷拒絕。金珍珠只能撇撇嘴，不再勸他。

「哼！那我以後也不會幫爸更新！」

「哈哈。」

看著因為生氣而走掉的女兒，金南宇不禁苦笑。

自己也不知道為何會那麼排斥大腦掃描。

也許，他是想把四年前討厭酒的自己放在父親的身邊？不想讓父親看見現在已能享受酒的自己。

金南宇拿出手機，連上父親的日常生活。

影像中的父親正和家人一起在超市購物。

他們無意中經過酒類專櫃。

「……」

金南宇心想，如果沒移民，也許父親會戒了酒，和家人一起生活也說不定。

自己只是斥責、埋怨著父親，要他戒酒，可是一次都沒有去探望過獨居的他。

自己是真的怨恨父親，還是只是**想要**怨恨父親？

「爸……」

金南宇對著手機裡的父親發出無法傳達的聲音。

「您應該反對到底的……」

◇◇

金南宇做了一個夢。

他夢到說服父親移民那天的事。

移民吧！我沒有辦法再照顧爸了，我沒辦法……我不想照顧爸了。

……我不要！

爸，我真的沒有辦法再照顧您了。爸，我——我得癌症了。

……

虛擬實境家人引進邁入第十二年！至今還有人用數位高麗葬這個不太好聽的名字稱呼它……

看著電視新聞的金南宇表情變得不太自然。

身旁的妻子任汝雨對他開口。

「今年不是該去升級爸爸了嗎？已經有四年沒有升級了。」
金南宇考慮了一下，搖了搖頭。
「又沒有錢……我們明年再升級吧！」
「兩年前你也是這樣說。」
「明年再說吧。今年珍珠上大學，要花錢的地方太多了。」
「……」
金南宇突然拿起智慧型手機，連上很久沒有連線的虛擬世界。
影像中的父親看起來很幸福。
他和兒子、媳婦、孫女一起在烤肉店笑著吃東西。
「……看起來很幸福。」
金南宇點了點頭。

少女和少年，該選誰？

一對母女一個勁兒往西走。

因為核戰，世界變成廢墟。

傳聞說有一座高牆，是最後活下來的智人們集在一起所建造的。

高牆的另一邊是一個沒有掠奪、沒有暴力、沒有飢餓的世界。

高牆的另一邊是一個有法律、有醫院、有農田的世界。

疲憊的母親一邊安撫年幼的女兒，一邊往那個地方走了又走。這是一趟艱辛的旅程。

由於必須持續和飢餓對抗，也因受到人類團體威脅，於是展開逃亡。

但是到了最後，疲憊的母親沒能見到高牆就倒下了。

即使發著高燒、神智不清，母親還是掛念著女兒的未來。

「一定要去西邊，往太陽下山的地方走，知道嗎？往西走。」

「媽！」

「一定要像田鼠那樣躲著走，不能被別人發現，不要靠任何人——一個人走。」

「啊啊啊——媽媽！」

也許是想要安撫嚎啕大哭的女兒，母親拿出一條藏在懷裡的巧克力棒。本來打算送給女兒當生日禮物，就算不是生日，其實也打算珍藏到最後的最後，等到女兒走不動時再拿出來。

「好好珍惜，餓到真的忍不下去時，到那個時候再吃吧！」

「媽！」

女兒哭到淚水乾掉，淚流滿面，母親則笑著撫摸她的頭髮。

「這是媽媽提前給你的生日禮物……因為妳忍得太好了。本來我希望能夠活到妳生日的那一天……生日快樂。」

母親說完，就閉上了眼睛。

「媽！」

女人再也無法開口，只能急促地喘著氣，並在隔一天就過世了。

在母親身邊哭了一天的女兒往西邊走去。

她按照母親說的，像田鼠一樣躲藏，忍耐著飢餓。

✧
✧

少年和一群人往西邊走。

那群人的領袖是一位明智之人，公平地讓所有人飢餓，藉此領導人群。

那群人並不善良，不曾分享食物給飢餓之人，也不曾接納過需要幫助的人。

即使如此，那群人在領袖的統治之下，守住了人性基本規則，沒有掠奪飢餓者和弱者的東西。

因為領袖給了希望。

「我們將到達高牆另一邊的世界，我們會成為那裡的市民。在那之前，我們不能變成禽獸。只有人才能成為市民。」

因此，不管多麼餓、多麼累，那群人還是人模人樣地往西走。

就算抓到一隻田鼠也要分著吃、公平地感受飢餓，在不可避免必須吃人的狀況下，所有人也共同承擔這分恥辱。

但是，少年對這種公平很不滿。少年是弱者，他想得到照顧。

在那群人中，少年的眼淚無法成為武器，他的痛苦並非優先順位。

即使如此，少年也沒有表露不滿。他很聰明。

比別人聰明的少年，趁著那群人在巨大建築物殘骸陰暗中休息時，看出了那是什麼建築物。

比別人多知道一點什麼是很重要的。

少年清楚這個具有象徵意義的建築物本來是在哪裡，所以也知道，從這裡開始，大家所走的路並不是向西。

那群人中沒有人知道這個重要資訊，只有少年曉得——但是少年不說。因為他很聰明。

少年還知道一件事：其實要往北邊走到高牆，這條路是非常遙遠的。遙遠到現在這群人絕對無法撐到終點。

那天晚上，少年離開了這群人，還偷走了他們所有的糧食：四隻田鼠和三個豆子罐頭。

根據少年的盤算，如果自己獨享，應該可以撐到抵達高牆。

他不擔心遭到追緝，因為那群一無所知的傢伙，會以為少年是往西走。

少年懷著和領袖的希望不一樣的「希望」，往北邊走去。

「啊……啊啊！」

少女抵達高牆了。

這裡和她預期的不同，牆一點也不高，是面一眼就能看盡的矮牆，大約——是一個大型運動場左右？

但是少女跑了起來。拖著疲憊不堪的身體，硬是打起精神，往門的方向跑了起來。

真實距離和從遠處用肉眼看不同，少女跑沒一會兒，腳步就慢了下來，等呼吸平穩後又再次全力向前衝。

少女邊哭邊來到矮牆之門，敲了敲。她流淚不是因為活了下來，是因為信守了和母親的約定，才流下眼淚。

牆另一邊的人類從監視器畫面看到了少女的模樣。

「真是的，這個孩子……」

「怎麼辦？要開門嗎？」

「嗯……」

他們十分苦惱，因為牆另一邊的世界狀況並如不傳聞中那麼好，連要讓一個小孩進來都需要慎重考慮。

「這裡是生存計畫都市，目前人口太多，可不要忘記昨天有一個女人做了墮胎手術。」

「雖然如此，但是把小孩——」

「你也看看那些瘦到只剩骨頭的人吧！」

「嗯……」

其實，他們也是沒有辦法，這些最後智人的最終目標，是在地球環境恢復以前進入冬眠。如今冬眠裝置的名額已經滿了。

即便如此，領導者還是考慮了一下。因為看到監視器上少女的模樣，使得許多人感到婉惜。

最後——

「大家，我們好好討論一天吧！先收集意見，一天後再決定！」

「……」

看過監視器的人知道這是最好的方法，便不再發言。也許，在會議上會有人提出接納孩子的意見。

但是——

「真是的！又有一個孩子來了！」

「什麼？」

是一個少年，往北邊走的少年剛才到達了牆邊。

少年也和少女一樣一邊敲門一邊哭。少年哭著說，有人聽到嗎？聽到的話拜託開一下門。

雖然監視器聽不到聲音，但是從動作可以猜測少年說了什麼。

「哎，真是的……」

「嗯——」

代表冷靜直白地說。

「兩個人是絕對不行的。就算要，也只能接納一個小孩。只能接納一個。」

「……」

大家都沒有辦法反對這個發言。

在兩人中選一個，可能的話只能在兩人中選一個。

那麼，該接納誰呢？乾脆兩個都放棄會不會比較不殘忍呢？

看著監視器的人們臉色陰沉得有如世界末日。

少女和少年沒有交談。

少女對人帶著警戒；少年覺得少女是累贅。

雖然如此，因為門沒有開，所以得在門前度過一夜。出於無奈，少年和少女萌生了革命情感。

「門為什麼不開？」

「……不知道。」

雖然生硬地回答了少女的問題，少年腦中卻浮現了各種想法。

高牆的真相比想像中更令人失望，雖然有可以拍到我們的相機。即使如此，門還是不開。這令人不安。

咕嚕咕嚕。

少女的肚子發出的聲音太大聲了，連少年都清楚地聽見。

——其實少年有一個大豆罐頭。因為北邊的牆比他預計的還要近，所以緊急糧食才會剩下。

想到這裡，少年就覺得少女很麻煩，不禁皺起了眉頭。

如果只有自己一人，就可以拿出罐頭來吃，但是如果少女看到了呢？如果她纏著我要我分她，那該怎麼辦？

不知道牆內是不是正監視著他們。這樣的話，他可以拒絕嗎？

越想越煩，這罐頭那麼珍貴，連自己都捨不得吃，現在卻要和少女分享？絕對不可能！

咕嚕咕嚕。

這次是少年的肚子發出聲音，但是他不動聲色，也沒打算拿出罐頭。

少女對少年仍抱持戒心，偷瞄了他一眼。少女手上也有緊急糧食，是母親給的巧克力棒。

只要想到母親說這是生日禮物，少女不管多餓都沒有開來吃，打算生日那天再享用，而明天就是少女生日了。

「……」

吃。

「……」

少女和少年的肚子都很餓，兩人都有糧食，但是因為各自的理由，都忍著不吃。

牆裡的人們透過監視器觀察著兩人的樣子。

牆內世界的領導者看著兩人，考慮了一下。

「兩人之中要接納誰呢？真的沒辦法同時接納兩人嗎？」

「沒有辦法，不是沒位置了嗎？不然乾脆兩個人都放棄，那樣更好。」

「不，如果可以的話就接納一個孩子吧！仔細想想，我們大多人年紀都太大了，不是嗎？

「未來，也許這個小孩的角色會變得舉足輕重也說不定。」

「那麼要選誰？兩人之中究竟要選誰？」

「……」

人們沉默不語，因為不知道該如何選擇。

他們一邊觀察著監視器中孩子的模樣，一邊覺得婉惜。

此時，猶豫不決的孩子中有一個開始有動作，於是立刻吸引了他們的目光。

從座位起身的少女從懷裡拿出一根巧克力棒，少年瞪大眼睛盯著看。那是深藏在遙遠記憶中的零食。

「！」

當少年驚訝不已，少女一臉嚴肅地折開了巧克力棒的包裝。

雖然是母親給的生日禮物、雖然明天就是我的生日，但是肚子實在太餓了。

從剛才肚子就一直咕嚕咕嚕叫個不停，不只自己，旁邊的少年也是一樣。

「給你。」

少女把巧克力分成兩半，一半遞給少年。

少年怕少女改變心意，急急忙忙接過半截巧克力棒塞到嘴裡。

反之，少女則是慢慢地、虔誠地把巧克力棒放入口中。那一瞬間，她腦海裡閃過無數和母親的回憶。

「好好吃……太好吃了，媽媽……」

少女含著淚水，咀嚼著巧克力棒，不想輕易吞下，就這樣一直咀嚼著。

「……」

「……」

看著監視器中兩個小孩的模樣，大人都覺得不忍心。

過了一會兒，首席代表開口說話了。

「我決定了。」

所有人的目光都集中在代表身上。他們將遵從代表的決定。

不管接納誰，都會由代表背負這份罪惡，這就是他們不忍做決定的原因。

在眾人的注視下，代表稍做停頓，接著說出了要接納的孩子。

「我們……接納男孩。」

「啊！」

「啊……」

「啊——」

四面八方傳出嘆息，但是沒有人提出反對。眾人都尊重這個困難的決定，但是大家很好奇決定的理由。

其實，在心裡選擇少女的人比較多。

很清楚這個情況的代表井井有條地做出冷靜的解釋。

「因為巧克力棒。」

「？」

「少女是怎麼吃那個巧克力棒的？拆開包裝後就隨便丟到地上，不是嗎？我們不能隨便亂丟垃圾。」

「……」

瞬間一陣沉默，然後眾人點了點頭。

「沒錯，該遵守的還是要遵守。我倒是沒注意到。」

「對，隨便亂丟垃圾沒有公德心。」

「對呀，無論什麼處境都不能成為藉口。」

牆內的智人同意了代表的決定，他們覺得妥妥當當，認為這是正確的決定。

智人點了點頭，表示這樣很好。他們不斷點頭，認同這決定的公正性。

根據目前預測，隕石衝撞大約會發生在一年後。屆時，地球上百分之九十的生物將會因此滅絕。NASA對於這個在事前並未確認到的隕石感到措手不及，還有人表示這是神的審判……

突如其來的隕石衝撞訊息使人類驚訝到說不出話，沒想到地球會以如此荒謬的方式滅亡！

人類立刻成立世界性的地球對策委員會，研究各種對策，但是成果不如預期。即使如此，世界並沒有如大家想像變得無法無天。掠奪、強姦、縱火等小說情節，都是本以為世界即將毀滅時會發生的事。

相反的，戰爭、紛爭這類無意義的吵鬧消失，全世界的人同心協力、互相鼓勵，祈禱奇蹟般的救贖來臨。

當然也不是都沒有對社會造成影響，因為人們在不知不覺中說出這樣的話。

「這個世界也許一年後就會毀滅了，有必要這樣生活嗎？」

承受著壓力工作的人，忍受侮辱、卑躬屈膝的人，迫於現實、從事討厭工作的人全辭去了工作。他們去旅行、做一些想做的事、盡情地休息。

因為沒有人工作，所以物價飆升。但是人力的價值也相對上漲。沒有什麼比工作的人更珍貴。

那些無法放棄舊習的老企業竭盡所能想維持營運，可是用的還是以前的待遇，絕對無法留住人。企業必須視職員為天、好好侍奉才行。

服務業也是一樣。

「被這樣對待，我為何還要工作？不幹了！」

逼小孩拚命讀書的父母也立刻增加和小孩的相處時間，很多父母乾脆不送小孩上學。

為了未來犧牲當下的人也沒了。過著人不像人的生活、只為追逐成功的人更消失無蹤。

對大家來說，現在最重要的是變得幸福。

當然，也有人有其他想法。例如為了欲望犯罪的人、說不管怎樣都要活下去，開始挖地下坑的人、說要順水推舟，更執著於金錢的人、說這一切都是陰謀，逃避現實的人，等等……

但是這當中，發生了一個被證明為陰謀論的事件。

緊急特報！發生了一件讓人無法置信的事！隕石預測衝撞地球的位置改變了！

「這是什麼意思？」

根據這段時間以來科學家的計算，隕石會掉落在阿根廷。但是某一天，掉落位置卻突然改變了。

人們十分期待。這麼一來，隕石也許會避開地球吧？

各種假設紛紛出籠。

「從一開始隕石事件就是捏造的！哪有會改變落點的隕石啊？」

「是觀測機器的錯誤吧？會不會是被誰駭了？」

「不是隕石，會不會是宇宙船？隕石才不會隨便改變方向。」

NASA於是針對事件公開發表言論。

事實上，這段時間隕石的最終衝撞位置也一直在改變。根據地球所有頂尖科學家沒日沒夜的計算和研究，實在很難視為是單純的計算錯誤——也許那顆隕石是被某人所操控也說不一定。

這個發表內容引發各種揣測。這顆隕石會不會是被某人故意操控的呢？

「是某個外星人種族打算毀滅地球嗎？」

「是上帝！上帝生氣了！」

「也許會在地球附近停下來！搞不好是外星人的宇宙船，來地球觀光！」

就在大家努力在無數可能中尋找那恍如塵埃的希望時——

金南宇在ＳＮＳ上傳了一段文字。

幹！最後本來打算和家人一起度過，好不容易逃出了阿根廷，結果現在隕石預計掉落地點卻在韓國，呵呵呵

上傳ＳＮＳ時，金南宇什麼也沒多想，只覺得好笑，應該會得到很多人的回應。

隕石的最終位置又改變了！這個神祕事件再次得到確認……

「咦？怎麼搞的？」

連續兩次的偶然，金南宇又有了可以上傳ＳＮＳ的事件，因此覺得高興。

哇！太厲害了！難道隕石跟著我嗎？我和家人最後來到歐洲旅行，結果隕石的最終衝撞地點也變成這裡，呵呵呵

呵呵呵，大大，請再來韓國吧，看隕石會不會再來這裡，呵呵呵

好，呵呵呵，我過幾天會回國，看到時隕石會不會跟過來，呵呵呵

直到這個時候都還沒有人想過這件事的嚴重性。

隕石的衝撞位置又再次變回第二次預測的地點：韓國。因此，這個三度變更的隕石衝撞位置是……

隕石的預測衝撞地點又再次變成韓國，剛好就是金南宇回韓國的那一天。

金南宇的SNS瞬間成為眾人朝聖之地。

隕石的男人，哈哈哈

這不是在開玩笑，應該要好好測試一下吧？

這是真的吧？隕石好像會跟著那個人欸？

太厲害了！朝聖地巡禮[2]！

金南宇感到慌張不已。只是開玩笑上傳的文字竟然成真了。

這個事件連新聞都報導出來，全世界都知道了。

甚至——

「您是金南宇先生嗎？」

2 網路上，若網友上傳有關未來的預言貼文、預言成真，那個貼文就會變成聖地一般的地方。會有很多網友留言感嘆貼文者的預言能力，此舉被稱作「朝聖地巡禮」。

「是的。」

連政府機關也找上了金南宇。

「請問你們是因為隕石的關係找上我的嗎？」

對著不安的金南宇，那些人一副別大驚小怪的態度說：

「是的，您應該知道您本人現在受到極大關注吧？其實政府也因為這個問題很頭痛，我們並不樂見這種怪異傳聞一直散播。」

「啊，是……」

「所以要不要測試一次看看？費用由政府負擔，就您本人的立場應該也希望這些關注快點消失吧？」

「沒錯！沒錯！」

金南宇很快就答應了。確實，他也對這些傳聞感到壓力山大。

隕石的男人！今晚美國行！隕石會跟著移動嗎？

讓人驚訝的是，金南宇這趟測試受到世界矚目，因為這是人們渴求的一線希望。

「唉，真是的……」

金南宇上飛機時心想，只要度過今晚，就可以結束這荒謬的狀況。

驚人的消息！隕石衝撞的位置又再次改變！現在可以確定隕石確實跟著隕石男子金南宇先生移動！

金南宇因為衝擊過大、說不出話，和他同行的政府機關也亂了手腳。連全世界的地球對策委員會也中斷會議，立刻出面聯繫金南宇。

金南宇再次回到韓國，也再次驗證了隕石跟著他的事實。世界媒體大肆報導了隕石的男人金南宇的新聞。

然後，人類開始心懷期待。

「這樣一來，說不定可以避免地球的滅亡？」

「如果隕石只跟著那個人，那麼把那個人逐出地球不就好了！」

「我們可以活下來嗎？我們真的可以活下來嗎？」

甚至有人因為得知有了希望、落下淚來。

反之，金南宇卻絕望不已，只能任人宰割。這讓他感到無比恐懼。

地球對策委員會提出一個最簡單、也最確實的對策。

如果用火箭把金南宇先生送到地球之外，也許隕石就不會衝撞地球了。目前立刻可以進行發射的基地有美國、中國和俄羅斯……

金南宇成了嚴格控管對象，被隔離在世界級的保護設施中，在這樣頂級的保護下，他的舉手投足全受到監視。

接著各界人士都來到此地說服金南宇。

「金南宇先生的犧牲可以拯救全人類的性命……」

「金南宇先生的犧牲將留在全世界人類的心中……」

「請您想想您愛的家人和朋友，為了他們……」

「我們會給你巨額的補償，金南宇先生，您會留名青史的……」

「……」

金南宇的犧牲已經成了既定的事實，就算金南宇拒絕，還是會被強制綁上火箭。

為什麼不呢？只要犧牲金南宇一個人，就可以拯救全人類。

金南宇每晚哭泣，委曲大喊：為什麼偏偏是我？他生氣地說想死，但即使這樣，他還是無法違背命運。

金南宇調整心情，在同意犧牲之後才答應讓家人前來探訪。

父母拉著金南宇的手哭著說。

「唉，南宇呀！唉唉南宇呀，怎麼能這樣！」

「……」

可是雙方也很清楚，就算哭也沒有辦法改變什麼。

結束和父母最後的會面，金南宇開始了宇宙飛行訓練。

但是金南宇完全敷衍了事。反正是去送死，還訓練什麼？

他的心情難以言喻。

如果可以用自己的性命拯救世界，心甘情願獻身才是對的嗎？不管是誰都應該這麼做嗎？

「……」

金南宇無法得知。雖然無法得知，但是他聽見了全世界人們的願望。

「火箭到底什麼時候出發？隕石離地球越來越近了！」

「這不對吧！要是太急著送他去，萬一火箭爆炸怎麼辦！得把金南宇送到宇宙遠方才行！」

「但是為什麼金南宇還在我國？先讓他離開這裡吧！」

「如果金南宇死了，說不定隕石就會停止！先把金南宇處死，如果不行再把他送到宇宙也不遲啊！」

「那傢伙為何吸引隕石、讓地球陷入困境呀？」

「……」

確認發射火箭後，舉行了一場受到全世界矚目的新聞發布會。

人們期待金南宇發表英雄式的演說。

但是金南宇只丟出了一個疑問。

「犧牲一個人來拯救大家是正確的嗎？」

「……」

金南宇露出不想得到回應的表情，眾人看著他的臉，沒說出任何辨解。

三天後，在全人類的注目下，火箭發射、倒數計時。

十！九！八！七！

人們一臉緊張，專注地看著他。

六！五！四！三！

拜託安全地發射到遙遠宇宙吧！

二！一！**零！**

發射！

就在所有人屏住呼吸之際，火箭安全射入天空！

「哇啊！」

人們大聲歡呼，流下喜悅的淚水，大家互相擁抱，大聲尖叫！

「成功了！火箭通過平流層離開地球了！」

「呃啊啊啊！」

人類高喊萬歲，如同賣座電影的某個場面。世間萬物都是值得歡呼的對象，

在確認了隕石方向確實改變後，又是一陣吶喊。大家緬懷偉大的犧牲者金南宇，

再次歡呼。

這艘只去不回的金南宇火箭只會一直向前飛，盡可能的遠離這個歡呼而吵鬧的地球，一直飛到宇宙的盡頭。

那個地方是個寂靜之地，前往那裡的金南宇也悄然無聲。

「……」

那是一趟孤獨的旅程。

緊急特報！地球！地球正在移動！移動方向是……！

地球正在移動，跟著隕石的主人，前往沒有人的寂靜之地，追隨著這個孤獨的領航員。

寶物應該給懂得使用的人

金代理覺得鄭代理很奇怪。

他認識的鄭代理是一個不討人喜歡，常因為一點小事被上司罵，總是一臉憂鬱的朋友。

不過，最近他不知為何整天眉開眼笑。

「鄭代理！你最近發生了什麼好事嗎？」

「沒有啦。」

「別這樣，快告訴我，交女朋友了嗎？」

「不是啦，哈哈哈。」

「那是什麼？都被張部長罵成那樣了你還笑嘻嘻的？你又沒做錯什麼，卻被罵了，不是嗎？」

「張部長？被他罵也是情有可原的吧！他也是人，不會有壓力嗎？」

「啊？」

這真是令人不知所措的回答。金代理直覺鄭代理應該是中了樂透，於是整天黏著他，打破沙鍋問到底。鄭代理沒有辦法，只能邀請金代理下班後到他家一趟。

走進套房的金代理很疑惑，究竟是要給我看什麼呢？

鄭代理立刻走向放在書桌上的銀色圓球。

「嗯？那是什麼？」

這是個比頭還大一點的鐵球，看起來非常高級。走近一看，可見球體上有插畫。

「地球儀？是地球儀吧？最近地球儀是長這樣的嗎？」

金代理覺得不可思議，打算伸手摸一下，結果立刻遭到阻止。接著他聽了鄭代理的解釋，更是覺得荒唐至極。

「不行！只要摸一下那個地方就會下雨！」

「什麼？你說被摸到的地方會下雨？」

「沒錯！這是雨之晶球！你最近有看新聞吧？非洲乾旱緩解的新聞，那就是我的傑作！」

「……」

金代理當下覺得鄭代理的精神狀態有問題。這愚蠢的鄭代理不會又被誰騙了吧？

鄭代理也許是看見了他的表情，立刻打開窗戶。

「你看好了！」

鄭代理小心翼翼地按在晶球上韓國的位置。

嘩啦嘩啦。

轉瞬間，窗外下起大雨。

金代理嚇得張大嘴巴。

鄭代理的手指一離開晶球，窗外的雨立刻停下。

「我就是這樣到處幫忙解決乾旱的。如果懸浮微粒 PM2.5 數值過高，就用雨來淨化空氣！這樣我稱得上負責地球雨況的雨神，是吧？哈哈哈哈。」

金代理終於知道鄭代理最近自信滿滿的原因了。如果有一個那樣的晶球，職場生活的一切看起來都會變得十分渺小吧！

鄭代理說，這件事絕對要保密。而金代理回家一整路都在想晶球的事。愚蠢的鄭代理只喜歡當無名英雄，但是如果是我，一切就不同了。只要擁有那個晶球，我有信心賺大錢，說不定還能成為世界首富。

擁有那樣的晶球竟然只用來緩解懸浮微粒 PM2.5！這讓金代理覺得有志難伸。

情。

金代理左思右想，越想越覺得可惜。他決定做些什麼，眼中閃耀著冷冷的神

金代理立刻去打聽製鐵的地方，打算做個真假難辨的假貨來個偷梁換柱。到時，他就把製作完工的假貨故意弄成兩半，讓鐵球從書桌掉下來摔壞，偽裝成失去能力。

他不知道原理，不確定就算摔壞了、無法發揮力量，鄭代理會發現嗎？就算假貨有點不同，他也可能覺得是因為神祕力量消失才會如此。

製作鐵球花的錢比想像中還要多，也花了不少時間，但是金代理的成品還挺有模有樣的。

金代理偷偷複製了鄭代理家裡的鑰匙，尋找機會。公司聚餐那天，他接了電話，假裝家裡發生大事，很快溜了出來，然後立刻前往鄭代理的家，從背包中拿出已經壞掉的鐵球，把球擺在書桌前面，再將真的球放進背包，頭也不回溜出

房間。

「嘿嘿嘿！」

金代理開車回家，難掩興奮之情。每次偷瞄放在旁邊的背包都會露出笑容。

這種心情就像擁有了全世界。現在他可以了解鄭代理的心情了。當然，愚蠢的鄭代理和我使用這個晶球的方法一定不一樣！

寶物呀，應該給懂得使用的人，才不愧對寶物的美名。

「怎麼搞的？怎麼會這樣……」

金代理一臉困惑。他一回到家就躲在廁所測試鐵球，但是，不管怎麼按韓國的位置，就是不下雨。

他又按了一次韓國，以防萬一，他連日本、美國——全世界都按了，但就是不下。

慌張的金代理腦中湧上各種可能性。需要咒語嗎？有隱藏的使用方法嗎？有其他搭配的物件嗎？還是只能在鄭代理的家使用？難道——只有鄭代理可以使用？

「他媽的！」

為了製作假鐵球他已經花掉數百萬元，結果這球不過是個普通鐵塊？

憤怒的金代理隨便在地圖上亂按，但是天氣一點都沒有變化。

他絞盡腦汁罵出髒話，立刻走出廁所。

「老婆！老婆！」

他打算讓妻子試試看。雖然對妻子來說這還是祕密，但也許她嘗試會有效。

「怎麼回事？你從剛才就一直待在廁所做什麼？」

金代理走近坐在沙發上的妻子，用她的手指按在地圖上方。

但是，不管怎麼看陽臺外頭，都沒有下雨的跡象。

「該死！」

「怎麼回事？這又是什麼地球儀？你不會買了這玩意兒吧？花多少錢買的？」

因為這個看起來很昂貴的地球儀，妻子不禁皺起了眉頭。

金代理一臉不耐煩。

「咦？」

妻子的手一離開地球儀，他立刻到陽臺確認天空的變化。

「等一下！妳再按一次！」

「怎麼了呀？」

「快點啦！」

妻子皺著眉頭，再次按下韓國的位置，一按完金代理就說：

「雲！雲變多了！沒錯，雲變多了！」

「？」

窗外雖然沒有下雨，但可以看見雲朵聚集！

「原來每個人的力量都不一樣啊！」

「啊？你到底在幹麼？」

金代理對妻子說明原委，妻子一開始不相信，但是仔細觀察窗外，加上測試的結果，讓她相信了金代理。

「我的天啊！那麼——」

「沒錯！只要有了這個，我們可以成為暴發戶！」

「我的天啊！」

夫妻兩人大呼小叫，但是金代理很快就陷入了苦惱。

「啊，但是力量太弱了，如果可以下雨就好了，只有烏雲有什麼用？可是又不能像鄭代理那樣笨笨地拿給別人看……」

如果要下雨，只能拉其他人一起嘗試。但是金代理不想那樣做。

「老婆！要不讓我們的孩子試試？」

「嗯？好啊。」

夫婦拿著鐵球，很快走進小孩的房間。

剛出生的嬰兒在嬰兒床裡熟睡。

金代理小心翼翼地把球放在嬰兒旁邊。

「老婆！妳去陽臺看看有沒有下雨！」

「好！」

金代理拿著嬰兒的手，一等妻子走到陽臺就把小孩的手放在韓國的位置上。

咕拉拉拉——

「喔喔喔？」

「嘎啊啊！」

整個世界都在顫動，是地震。

金代理往地上一癱，旁邊的書桌倒下來，壓在他身上。

「呃呃呃！」

「嘎啊啊！嘎啊啊！嘎啊啊！」

陽臺的妻子尖叫倒地，同時間，房裡所有家具全部像瘋了一樣不停搖晃、然後倒下。

「嗯啊啊！」

從睡夢中醒來的嬰兒嚎啕大哭，大力握住手中的鐵球，地震逐漸變強。

一瞬間，房間嚴重傾斜。

公寓大樓倒下。

「嘎啊啊！老婆！嘎啊啊！」

「呃啊啊啊！」

金代理做夢也沒想到。

他沒想到鄭代理最喜歡雨天。

沒想到自己最喜歡晴天。

沒想到妻子最喜歡多雲的陰天。

沒想到小孩在地震發生那天，因為喜歡搖晃而笑了出來。

那個他本來很有自信的寶物使用方法，一直到最後，他連怎麼使用的都不知道。

十分鐘後仁川九月洞〇〇大廈會發生火災，有六人因此喪命。我再說一次，十分鐘後，仁川九月洞〇〇大廈會發生火災，有六人因此喪命。

人們無視男人上傳的貼文。

一天之內往往有數百則毫無意義的貼文上傳至網站，所以更沒人理。但是，才過了三十分鐘，新聞就——

仁川九月洞〇〇大廈發生火災，有六人因此喪命……

偶然看見他貼文的人大驚小怪。

有沒有人看過這個貼文？那傢伙是怎麼回事？是縱火犯嗎？網址連結……

網友展開聖地巡禮。不過，論壇上公告說，男人的下一個行動是個人直播。

個人直播開始。

許多人蜂擁而來，男人堂堂正正露出臉，他的說明讓人感到莫名其妙。

就像被神附身，偶爾我的腦海會出現幾個人因為什麼事故而死亡的資訊。

人們罵聲不斷，但是他在一個小時之後又再次預言。

男人突然閉上眼睛，皺著眉頭喃喃自語。

咳咳……十分鐘後，首爾聖水洞〇〇百貨公司會發生手扶梯坍塌事故，有三人因此喪命……受害者三人看起來像是大學生。

人們不是很相信，但還是立刻關心起聖水洞的百貨公司。即時搜尋也全部被聖水洞百貨公司給洗版。

太厲害了！手扶梯真的坍塌了！

哇！真的要瘋了！我人在百貨公司，是真的！

人們嚇了一跳，更驚人的是——

我是預言中的大學生！謝謝你！多虧這個預言，救了我一命！

預言中的三人避開事故地點，因此獲救。

這可能嗎？人們還是無法完全相信。隔天他又預言了一件事。

咳咳……十分鐘後，〇〇大橋欄杆會坍塌……正在拍紀念照的三名中國觀光客喪命……

人們一陣騷動，前往〇〇大橋，剛好在附近的人們疏散了中國觀光客。

這時人們不得不相信，開始稱讚他的超能力。

不過，男人擁有這種能力，卻到現在才公諸於世，是有目的的。

他透過個人直播公開要求。

之後，因為我的事故預言而獲救的人們，政府應該支付我每人一千萬元的費用，且不得議價。我覺得拯救一個人的性命拿一千萬元已經是非常便宜，如果不答應這個條件……那麼以後我就不再洩露天機。

人們對他不加掩飾又市儈的模樣感到驚慌，立刻不再吹捧他為英雄。媒體議論紛紛。

「瘋子！竟然用人命來議價！」

「即使如此，他也是救人性命呀……要求一千萬不算過分吧？」

「只說幾句話就可以賺幾千萬？其他人工作到腰斷掉，還要繳稅金！」

「說實話，這是人命耶，如果稅金花在那裡，我覺得沒關係。發生死亡事故後也有進行募捐活動啊，把它想成是預防用募捐不就好了？」

公開要求後，男人進行個人直播，但是一句話都不說。

不管人們在聊天室裡漫罵還是懇求，他只是閉上嘴巴，靜靜看著鏡頭。

隔了三天，政府以總統名義下達特別命令。

如果是花費在拯救性命的金錢，我們不會捨不得。我們政府出面購買他的預言能力。

男人這時才開了金口。

謝謝，剛才嘴巴癢想說話了，哈哈。

之後，男人就一直開著直播，自由自在，也會離開電腦去看個電視或外出，玩玩遊戲。即使如此，總是有很多人觀看男人的個人直播。

隔一天，緊急跑來電腦面前的男人大叫著。

十分鐘後經過〇〇洞十字路口的油罐車會爆炸！造成四人喪命！緊急！經過〇〇洞十字路口的油罐車會爆炸！

他的發言當然立刻引發騷動，連電視臺都發出緊急快報，撤離在〇〇洞十字路口的所有人。

但是，駕駛中的油罐車司機沒能撤離，儘管網路與媒體都大肆報導，在車裡開車的司機卻什麼也不知道。

十分鐘的時間比想像中短很多。

砰！

油罐車準確地在〇〇洞的十字路口爆炸。不過，因為周圍的人都撤離了，只有油罐車司機一人喪命。

因為男人這令人起雞皮疙瘩的預言，人們再次受到驚嚇。政府支付了三條性命共三千萬元給男人。

全國上下因為該事件亂成一團。

「真羨慕啊，只要講幾句話就賺了三千萬。」

「死裡逃生的那三個人真的要向他行大禮！」

「會是我嗎？我當時在附近耶……」

「這樣賺錢年薪會有多少？我們國家事故超多的耶？應該能賺個幾十億吧？」

之後，男人又預言了事故，救了人們的性命。根據某人整理的數據，從兩千萬元、五千萬元、三千萬元、一億兩千萬元、七千萬元……

不過一個月的時間，男人就救了一百六十五個人，也就是說賺了十六億五千萬元。

男人錢賺得太容易，因此讓人們反感。

「不過就是講幾句話，有什麼好累的，真是！」

「賺那麼多還不捐錢？真是太過分了！」
「老實說，人數是不是有誇大呀？本來只會死一名，他說十名我們也不會知道啊！」
「對欸！怎麼沒想到這個？只要他有心，我們也只能被騙！」
針對男人的不滿聲浪持續增加，政府漸漸有了壓力。越來越多人對於拿稅金支付給男人心生不滿。
苦惱了好一陣子的政府最後決定撤回和男人之間的交易，但是取而代之的是……
我們不會再用國民的稅金來支付該費用，希望由獲救者自費付款。
人們覺得這樣很合理。
「沒錯，救了自己的命確實該由自己付錢。」
「一開始就該這樣做！如果是我被救，給救命恩人一億也行！」
男人覺得只要收得到錢，誰給都無所謂。
十分鐘後！〇〇號市內公車會在××洞的下坡路發生翻車事故！有兩人會因此喪命！請立刻廣播！十分鐘後！〇〇號市內公車會發生翻車事故！有兩人會因

此喪命！

多虧男人而獲救的兩人爽快地付了錢，可是並不是所有人都如此瀟灑。

「什麼？一千萬？我為什麼要付錢？我為何會死？神經病！我才不給！我就是不給！」

男人連死者的衣著和長相都可以正確描述，但即使如此，當中還是有幾個人想要賴帳。

這點也是能夠理解。這些人和平常一樣過日子，只不過收到某人的指示、照著行動，突然就被告知有人救了他們，要求付一千萬。但他們並沒有自己命在旦夕的感覺。

男人不喜歡和他們吵架，連律師都沒有委任。看來是覺得太過麻煩。

男人持續著這樣的態度，於是賴皮的人越來越多。

「老實說吧，你是為了騙錢才把我加進去的，對不對？我會不會本來不在死者名單上？」

「你這個死邪教！我信奉的神生氣了！」

漸漸，不付救命錢給男人的人變多了。

男人陷入沉默。

一天、兩天、三天……

「怎麼了？為什麼那麼安靜？」

「這次首爾不是發生事故了嗎？」

「怎樣？」

男人一句話也沒有說。人們發現男人在示威，大多投以厭惡的眼神。

「賺那麼多也夠了吧！太貪心了！真是的！」

「惡魔！那傢伙現在做的事情和殺人沒有兩樣！明明可以救人，卻故意不救！」

「那種事不是應該順應天理嗎？反正那傢伙出面之前，本來人就是會因事故死亡啊！那時都沒關係，現在也一樣啦！」

恍若有人操縱輿論，責罵男人的媒體快速增加。

在這樣的狀況下過了一週，男人終於開口。

他的表情平靜且坦蕩。

大家好，請問各位會免費工作嗎？會免費提供自己的能力嗎？

「那傢伙是在說什麼呀？」

「瘋子，這種比喻像話嗎？」

如果你們當中有這種人，我真心希望您不要這樣，請正正當當地要求報酬，不要被壓榨，不要委曲求全。希望大家都能得到符合自身能力的金錢。

「這人真是異類。」

「你這傢伙，說你的預言吧！別再殺人了！」

很多人都不喜歡男人的發言。

我收到美國邀請了。他們說救一個人性命保證給我三千萬，要我移民過去。不管是韓國人的性命，還是美國人的性命，都一樣珍貴。這段時間我一直在考慮：我決定接受美國的邀請。

人們震驚不已。

一聽到這個消息，政府又急忙出面。

我國政府再次決定每條人命支付一千萬元，請發揮你的愛國心，改變移民美國的決定……

但是男人心意已決。

於是人們開始罵他是美國奴。

「美國奴！竟然為了錢背叛國家？」

「為什麼偏偏是這種品性的人得到預知能力呀？」

反之，美國認為男人的能力是神的祝福。

如果您願意移民，我們會把您當作國民英雄，給您尊敬，同時對您提供各方面的支援，讓您生活無虞。如果您覺得三千萬太少，金額都可以再討論，您只要來我們國家就好！

不只是世界級明星，甚至連美國總統都親自出面歡迎男人。同時，其他強國也開始對男人提出各種條件。

這時人們才開始清醒。

「仔細想想，這能力真的很強欸。可以救人的命……竟然對這種人那麼吝嗇，要是真的追究起來，運動明星、藝人的年薪達數十億的人不知道有多少呢。」

「把它看成某種預防也可以！就算當成是事故的復原費用，也還是便宜，不是嗎？」

「到底是哪些腦殘的傢伙賴帳不給錢呀？救你一命，應該要知道感謝、快點付錢才對吧！」

「我們的國寶完全被搶走了！」

媒體輿論完全慢了好幾步。

男人已搭上飛機，這是男人最後一次發言。

十分鐘後，十分鐘後難得一遇的人才將離開韓國。十分鐘後難得一遇的人才將離開韓國。

對韓國人來說，這發言一點也不陌生。

就算被家人當作搖錢樹，杜錫奎會長也完全不在意。即使他清楚和家人相處的時間很重要，還是一心想賺錢。因為他覺得賺錢是他人生的全部。

就算唯一的女兒也把他當搖錢樹，他一點也不後悔。因為這是他本人的選擇，不管怎樣，反正他都可以承擔那個副作用。

——至少在女兒死亡前他是這樣想的。

不管你有錢沒錢，意外都會找上門。杜錫奎對此感到委曲。

我那麼有錢，到底為什麼？為什麼要像普通人那樣不幸的死去？

杜錫奎無法接受女兒的死，保存著她的屍體，千方百計打聽方法，從冷凍人到複製人——甚至是邪教超能力者都有。

他奉獻了一生經營的生意也放手不管，一心只關注女兒復活這件事。

翻遍全世界所有可能的方法時，他發現了「回收之棺」這個東西。

只要把死亡不到十三天的三具屍體混在一起、放入棺中，就可以讓其中一位復活。

時間限制是十三天，這讓杜錫奎很是心急。不管別人說他迷信還是怎樣，他仍立刻把棺材和巫師弄進宅邸。

巫師娓娓道來。

「只要砍掉各屍體的頭、上半身、下半身，放進這副棺材，三人就會有一人復活。但一定要是死亡未滿十三天的屍體才行。」

靜靜聽完說明的杜錫奎立刻詢問了最重要的事。

「應該要放我女兒的哪個部位她才會復活呢？」

「這是隨機的，我也不知道誰會復活。」

「什麼？竟然是隨機的！」

成功率只有三分之一？這讓杜錫奎十分煩惱，該相信這個迷信嗎？這麼做會不會白白毀損了女兒的屍體？

「只要能救活我女兒，沒什麼是不能做的！」

就算別人都說他瘋了，杜錫奎還是一意孤行。

若是要做，時間就變得相當緊迫，他立刻集合手下。

「去找兩具死亡不到十三天的屍體過來！不管花多少錢都可以，盡可能找到新鮮的屍體！如果是這樣，乾脆找年輕人的屍體好了！」

金錢的力量果然強大，當天晚上就找到了兩具年輕女性的屍體。

杜錫奎在這情況下讓底下人集思廣益。

「要砍哪個部位放進去我女兒復活的機會才會比較高？」

有人理所當然地說：

「放頭，因為大腦支配身體。如果沒有大腦，剩下的部位不過只是肉塊，不是嗎？」

有人則小心翼翼地表示：

「不是應該是有心臟的上半身嗎？心臟本來也是巫術的象徵，人最重要的還是心啊。」

有人左思右想一番後說：

「有生殖器官的下半身。動物存在的理由就是繁衍後代，人類最終也不過是為了播種而存在的動物。」

「嗯……」

經過一番掙扎，杜錫奎選擇了頭。他親自拿起斧頭，看著女兒的屍體。

「我不記得上一次那麼仔細地看妳的臉是什麼時候了。如果妳復活，這次我一定會當個好爸爸的，對不起。」

杜錫奎的女兒被父親砍下了頭，加上另外兩具屍體的上半身和下半身，共是三等分。

巫師打開人形模樣的回收之棺，杜錫奎小心翼翼，親自把女兒的頭放進棺裡。接著，其他屍體的上半身和下半身也被放進棺中，巫師蓋上了棺蓋。

巫師閉上眼睛、念出咒語，音調逐漸拉高，震懾四面八方。

所有人屏氣凝神看著巫師進行儀式，此時，回收之棺開始震動。

「嚇！」

手下嚇到嘴巴都闔不起來。本來沒人認為這種事是真的。

杜錫奎睜大眼睛，一個勁兒盯著木棺，過了一會兒——

啊啊啊！

巫師發出喊叫的同時，木棺的蓋子自己打開了。

杜錫奎不自覺跑到木棺前。

「惠華呀！」

他叫著女兒的名字，但是——

「啊啊……啊！」

在木棺中睜開眼睛的人不是女兒，是另一個女人。

她愣在那兒，眼神渙散地看著杜錫奎，看到自己的裸體後放聲尖叫。

一名眼尖的手下很快跑過去把女人帶走。

悵然所失地癱坐在地的杜錫奎麻木地看著這一切，然後轉過頭，盯著沒有了頭的女兒屍體。這頭白砍了。杜錫奎看著女兒，紅了眼眶。

「嗯，本來我不想說這些話的……」

巫師走近杜錫奎身邊，說：

「失敗過一次的身體還可以回收再使用。」

「你說的是真的嗎？真的還有機會？」

「對，但是，第二次進行時需要七個身體部位，分別是頭部、胸部、雙手、臀部、雙腳，也就是說，這樣是七分之一的機率，沒關係嗎？」

「有什麼關係！只要有成功的可能就好了！」

「那麼，排除已經復活的屍體，還需要五具新的。」

杜錫奎立刻對手下發布命令。

第二天，他們把新屍體的五個身體部分放進回收之棺。杜錫奎準備好有著女兒心臟的胸部，急急忙忙把女兒的上身放進棺材。

巫師蓋上了棺蓋，又開始進行和昨天一模一樣的儀式。巫師的表情看起來有點吃力。

房內所有人都齊心盡力祈求成功。不久後，回收之棺自己震動了起來。

「拜託！拜託！惠華呀！」

啊啊啊！

在巫師發出最後一聲喊叫的同時，棺蓋打開，杜錫奎這次也跑過去看。

但是從棺材中起身的卻是一個陌生的青年。

「啊啊……」

醒來的青年搞不清楚狀況，只是對著站得最近的杜錫奎開口，但是杜錫奎沒有回答，只是無助地流下眼淚。不過巫師又說話了。

「真的不想告訴你這件事……用二十三個屍塊也可以復活，您知道我的意思吧？」

杜錫奎睜大眼睛，二十三個屍塊？那麼女兒復活的機率就是二十三分之一？

他立刻指示手下。

「快點出去找屍體回來！快點！」

但是手下沒有立刻跑出去，而是露出焦躁不安的神情。

「為什麼不動？」

「那個——會長，上次花了很大力氣才找到屍體，現在需要這麼多，怎麼可能立刻……」

「閉嘴！找不到屍體就算殺人也給我弄出屍體來！不快點去是在幹什麼？」

因為杜錫奎的咆哮，被趕出去的手下一臉不知所措。

杜錫奎則留下來，小心翼翼收拾女兒的雙手和下半身，然後一邊思考這二十三個肉塊要放入女兒哪個部位。

那天晚上，杜錫奎好不容易入睡，女兒出現在他的夢中。

爸！

女兒的模樣很糟：臉被打破、頭被劈碎、腳上的肉撕裂、肚子上有洞，手指都被切掉。

惠華呀，這是怎麼回事？

杜錫奎慌張地走過去，女兒一臉埋怨，憤怒地說。

這都是爸爸害的！都是因為爸爸為了救我，我才會變成這副模樣！

什麼意思？

女兒用爆裂的眼睛嚎啕大哭，大聲地說：

嗚，大家為了讓自己活下來，互相爭鬥——

杜錫奎看到女兒的模樣雖然驚訝，但他咬著牙，變了個眼神。所以就是說打架打贏的人可以復活？

惠華呀，你必須贏，妳可以的！妳和他們不同啊。妳和那些平凡人在等級上是不同的！打贏他們！明天會有超過二十具的屍體——

我不要！

？

拜託你停手！拜託別再那樣做了！

最後，杜錫奎夢中充滿女兒可怕的慘叫聲，他醒了過來。

「……」

他一臉困惑回顧著夢境，但沒多久眼神就變得銳利。他下定了決心。

「惠華，妳可以的！」

第二天——

杜錫奎的手下好不容易把弄來的屍體堆放在宅邸。

他們哭喪著臉，殘忍地把屍體分成小塊。

站在旁邊的杜錫奎拿著女兒的右手，心情複雜地看著面前情景。

「會長！都弄好了。」

杜錫奎點了點頭，回頭看了巫師一眼。巫師開始組合棺材裡的屍體。

把超過二十幾個的屍塊一個個組合起來，過程不怎麼賞心悅目。這些肉塊也都是人吶。

巫師的手很巧，慢慢地拼湊出一個人形。當杜錫奎拿著女兒的右手一放上去，回收之棺就關了起來。

接著就進行既定的巫師儀式，周圍的人全部一臉疲憊地盯著木棺。

只有杜錫奎一人在心中迫切地祈求——拜託讓女兒打贏！

啊啊啊！

巫師結束最後的喊叫，棺蓋自動打開了。

杜錫奎這次沒有跑過去，只是一臉緊張地看著誰會從棺材裡出來。

「……」

從棺材起身的是一個三十幾歲的男性。他搞不清楚自己為什麼會在這裡，也什麼都想不起來。

杜錫奎垂頭喪氣，什麼話也說不出來，只是這樣望著他。

即使巫師因為進行儀式而疲累不堪，還是上前安慰他。

「對不起，我真的很抱歉。」

杜錫奎靜靜望著巫師，無力地移動了腳步。

當所有人注視著他的背影，杜錫奎悲傷地撫摸女兒剩下的屍塊。

他左思右想。

怎麼做對女兒才是最好的？我又對女兒做出可怕的事情了嗎？想救女兒是為了她？還是為了自己？

「……」

原本面無表情的杜錫奎表情漸漸變得窮凶惡極，突然不管三七二十一，把女兒左手的小指切了下來。

杜錫奎眼中滿滿血絲，回頭看著巫師。

「下次需要幾個人？十三天期限還沒到，還有時間。」

「……」

房內所有人都不敢開口說話，此時，巫師回答了。

「我本來不打算講……我雖然沒有做過，但是曾經有國王駕崩時獻上四十七具屍體的紀錄。」

「四十七具屍體……」

杜錫奎回頭，走向手下。臉色蒼白的手下不禁吞了吞口水。

之前，完成第二次、也就是七個肉塊的儀式時——

為了活下來而做好打架的萬全準備的七個靈魂，其中一個女人急忙開口——她就是第一天進行三個屍塊儀式時負責下半身的女人。

等一下！在我們打架之前，必須先打死杜錫奎的女兒。這樣一來，如果這次沒有復活，下次還有機會！

靈魂都表示同意，於是所有人合力打死了杜錫奎的女兒。

爸，拜託你停手吧！

知名大企業的總公司新大廈一完工，立刻成為該城市的地標。附近捷運站的名字幾乎都要變成○○大廈了。

即便在新式建築林立的市中心，○○大廈還是很吸引人們的目光，大廈的外觀非常華麗，看起來像一棟超越時代的未來建築。以大廈為背景拍照成為人們之間的流行，總公司的新大廈成為該企業的驕傲，但是此時此刻，卻突然發生了一件有損名聲的事。

「那是什麼玩意兒？是誰竟敢在我們大廈的牆面塗鴉！」

一夜之間，大廈某面牆的最上方冒出了奇怪的塗鴉，是一張巨大的黑色嘴脣，以扭曲的姿態閉上。

企業會長勃然大怒，當場命令清除，但是……

「會長！那個圖……會動！」

「什麼？」

大廈牆上的嘴脣恍若有生命一樣不停在動。

「這到底是怎麼一回事？塗鴉竟然會動？」

震驚的人們還來不及想到什麼科學層面的推論，那張黑色嘴脣便齜牙咧嘴，露出尖銳的牙齒。

「咦？」

「怎麼會這樣？」

驚訝的人們無法理解眼前的狀況。

嘴脣內恣意冒出的尖牙，還有蠕動的舌頭，無視大廈內部的空間結構，立體地呈現了出來。

「喔喔喔喔？大廈……大廈在動！」

大廈就像在做簡單的熱身一樣左搖右擺，像隻覬覦獵物的蛇，隨意將那張巨嘴往地上貼。

「呃啊啊！」

「啊啊啊！」

大廈自由自在發出巨響，吞食路上的車子——更準確地說是吞食車裡的人。

這棟大廈把身長所及所有街道塞入口中，狩獵動作非常柔軟——而且還很快速，人們根本避不開大廈的襲擊。

不過，真正神奇的地方在於，都蹦跳成那樣了，大廈內部依舊平穩，根本無視重力和慣性等所有法則，維持著靜止的狀態。如果沒有打開窗戶，絕對不會意識到現在發生了什麼事。

「這到底是怎麼一回事？」

所有人都懷疑自己在做夢，大廈一直吃到附近都沒有人才停了下來。

然後，大廈又回到原來的模樣。但是大廈內部有人發出尖叫，從裡面衝了出來，但是一衝出來就——

哐！

「呃啊啊！」

大廈以令人無法置信的角度彎曲身體，把那個人吃掉了。

食人大廈。沒有別的字眼能夠給它更精確的形容。

就算從地下樓層逃走，也一樣難逃被吞食的命運。大廈駭人的大口連地底的人都不放過。不要多久，大廈周圍就如護城河般往下沉。

人們在恐慌中明白了一件事。

「從剛才開始肚子就一直很飽！」

「嗚嗚！肚子要爆開了！」

之後，人們開始推論：大廈如果吃人，裡面的人會變得很飽。也就是說，這就和我們本身吃掉人類沒有兩樣。

雖然令人作嘔，但是在當下這感覺並不重要。

「呃啊啊！我想回家！」

「怎麼辦！救命啊！」

「我要瘋了！跑出去的話就是死路一條嗎？」

數百名在大廈工作的勞工完全被孤立在食人大廈裡面。食人大廈事件迅速占領了所有電視臺，大廈內部的人傳送出去的聲音、訊息及影片全部變成獨家，同時進行了實況轉播。

先不管這個詭異的現象，把困在裡面的人救出來才是當務之急。但這實在不太容易。

政府非常迅速，連軍隊也動員起來。但是人類只要進入方圓百里，不管是誰，大廈都會攻擊。那副牙齒的威力就連裝甲車都能輕鬆撕碎。

即使如此，也不能攻擊裡面有這麼多人的大廈。

在無解的情況下，時間不停流逝，大廈內部狀況越發嚴重。因為是只有一間公司，所以裡面的秩序沒有馬上崩潰，可是內部有如不知何時會爆炸的炸彈。

「為什麼偏偏是我遇上這種事！」

「我想媽媽！嗚嗚！」

「我不想死，我還不想死……」

企業高層為了控制狀況，煞費苦心。

「各位同仁，我們一定會獲救的。請冷靜下來，一同克服這個危機！首先，休息位置依空間來分配……」

高層很快將大家組織起來，確保大廈內的資源，便利商店、餐聽等食材和水、各種生活備品。他們認為必須考慮長期抗戰。

幸好沒有人感到飢餓——因為食人大廈的暴食，所有人肚子都飽到不行。不安的一天過去了，外部傳來似乎值得一試的作戰方針。

大廈內部的所有人員請撤離至低樓層，一個小時後將對大廈最高層的怪物進行攻擊。再重複一次，大廈內部的所有人員……

數百人下樓。聽到外面要轟炸部分建築物，所有人都惶惶不安，湧至低樓層。人們像是搭上擠滿乘客的公車那樣相互依偎、安慰彼此。

他們透過多媒體數位廣播和收音機觀察外面的情況。在說好的一個小時後，軍方展開行動。目標是只炸毀有怪物嘴巴的建築物最高層。

轟！轟隆！轟！

「啊啊！」

「我的媽呀！」

「呃呃。」

有幾個人因為響亮的轟炸聲感到害怕。最後，人們終於聽到了期待的消息。

成功！已確認消除怪物！救援隊準備進入大廈！

「哇啊啊啊！」

人們抱在一起尖叫，但是——

咦？那個詭異生物體在大廈上空重新復活了！

在被轟炸到的位置，黑霧一聚集，怪異生物體又重新出現，讓大家更驚嚇的是，復活的嘴唇變成了兩個。

怎麼會這樣？那東西在移動！怪異生物體在移動！

兩片嘴唇飄浮在天空，各自選擇喜愛的大廈貼附上去。之後，就如人們預期——

砰！砰砰砰！

「啊啊啊！」

「呃啊啊啊！」

周遭焦土化，新的食人大廈就此誕生。

人們恐慌不已。雖然被困在第一座大廈的人可以逃出來，卻出現新的犧牲者。

準備就緒的軍方兵力預告會再進行一次作戰。當然，他們並不愚蠢。

每個方位都配置對空武器，對付怪物可能的復活和分裂！

為了以防萬一，附近所有人都要撤離！

軍方準備完善之後又再次展開了作戰。

即將進行攻擊！大廈內的生存者請全部到安全的地下躲避！再複述一次！即將進行攻擊……

已經瞭解第一座大廈情況的人們在不慌不忙的狀況下順利疏散。

但是，嘗試攻擊的軍隊卻陷入了混亂。

怎麼回事？竟然分裂成四個了！

全部擊落！在他們飛走之前，快點！

攻擊不管用！放他們通過吧！

軍方束手無策，只能任由四個詭異生命體飛到包圍網外面。

而且，這次詭異生命體飛得更遠，飛到那些看著新聞、心想「這與我無關」的遙遠地區建築物。

砰！砰砰！

「啊啊！」

「呃啊啊！」

這真是相當可怕。

總共在各地出現了五座食人大廈，並且死傷者多達百餘人，光是被困住的就超過一千人。

幾天後，雖然真的做好了萬全準備，動員整個國家兵力的救援作戰再次失敗，分裂成八個的黑色嘴唇食人大廈變成了十二個。

但人們對情況已有掌握，知道下次如果嘴唇遭到攻擊，會分裂成十六個。我們沒有任何能阻止怪物的方法。

「只能放著那些食人大廈不管了！就這樣放著就不會再造成任何傷害，這是唯一的方法。」

當然，那些被孤立的人和他們的家人大鬧了一番，可是真的沒有其他辦法。當下只能強迫少數人犧牲。

但問題是——

「那些人的糧食該怎麼辦呢？不會是——」

食人大廈不讓任何東西進入內部，不管是車子還是無人機，連水管的水也不允許，只讓人類進入裡頭。

人心惶惶的傳聞到處流傳。

「聽說怪物吃東西的話裡面的人也會覺得飽？也就是說只要有人……」

「你聽說了嗎？昨天半夜食人大廈把幾個人趕出來，黑色的嘴巴立刻把他們吃掉了！」

「聽說裡面的人說好，要用抽籤的方式一次犧牲一個人。」

人們想像著電影中看過的反烏托邦情節，對食人大廈的人們來說，這是一件很可怕的事。也許他們之間也會發生令人作嘔的情況。

雖然當下這一切只是流言蜚語，但是說不定都會成為現實。

人們尋求各種策略。像是用直升機從高處偷偷把液體糧食滲入建築物、連結遠距離輸送管，讓飲料流進去等等。

但是那些全都難以實行，最後只得出這樣的意見。

「利用死刑犯怎麼樣？」

此舉當然引起了道德爭議。

「現在是要把人類當成怪物的食物嗎？」

但是，大家又不得不承認沒有別的方法。時間慢慢流逝，食人大廈裡的人們越來越餓。

新聞快報！某個留下自殺遺書的高中生前往食人大廈跳樓！調查發現該名學生和大廈內部的人一點關係也沒有。

人們嚷嚷，說學生有犧牲精神，是光榮的自殺。此事使得拿活人當食糧的心理防線就此突破。

「請用死刑犯吧！反正不管是執行死刑而死，還是因為食人大廈而死，都一樣！」

「死刑犯的人權？你們難道不知道那些傢伙犯下多麼可怕的罪行嗎？那些傢伙有什麼人權可言？」

「反正時間一到就只能食人，比起犧牲那些被孤立在建築物裡的善良人士，還不如犧牲壞人，不是嗎？」

很多人這樣主張，鄰近國家也想方設法進行一些外交討論。

不過這確實是難題一樁。即使如此，還是分成了絕對不能行動的一方，以及嘗試挽救的一方。兩方對立相當激烈。

找到方法了！

但是國家也不是無所事事，他們傳來了好消息。

只要往地下挖就可以了！挖到比建築物地下層更深的地方，就能在不受攻擊的狀況下進入大廈！

人們歡欣鼓舞，卻很快就失望。

這個方法並非適用所有建築物，如果是地下無法穿透的建築物就……

被孤立的人中有一半獲得了希望，另一半感到絕望。

但就算這樣也不能放慢救援腳步，眾人立刻展開作業。

慢慢的，電視新聞只專注於有希望的那一半人，陷入絕望的另一半的消息逐漸減少。

嚴格來說，其實兩方並沒有太大差別。因為除了運氣比較好的地方以外，穿透地下的作業不知道何時才能完成。

但是擁有希望的一方和沒有希望的一方之間的差距十分明顯。

有人提出了疑問。

可怕的反烏托邦情節究竟會先在那一方上演？

大部分的人猜測會是沒有希望的一方率先互相折磨。

但是，不滿卻是先從有希望的那方傳來。

「請同意使用死刑犯！我們快要餓死了！」

「請優先推動這裡的植物人器官捐贈方案！」

「想自殺的人最後拜託做件好事再走。」

希望使人類變得齷齪。結果，最先決定用抽籤選出犧牲者的也是他們。

「呀！你聽到〇〇大廈的事情了嗎？到週末為止，如果政府不解決糧食問題，聽說他們最後要用抽籤！」

「真的假的？可是才送一、兩人進去，夠塞牙縫嗎？」

「別亂說話，難道你一餐吃得到一公斤嗎？只要送一個人進去，應該就夠讓二十人有飽足感吧？」

大家都在等週末來臨，只要週末一到，就會發生大家期待中的事。

但是，在週末來臨的前一天，二十四小時錄影的攝影機拍到食人大廈捕食的場面。

砰砰砰！

調查發現，那四人是沒有任何親朋好友的露宿遊民。

遊民為什麼突然犧牲自我？是為了困在大廈裡的某人，才從外部提供食物嗎？人們都說這是陰謀論。

從監視器拍到的廂型車來看，這個推論應該沒錯，但是重要的不是這件事。

「怎麼可以這樣！食人大廈是一個個體！從一開始就只有一個！全部都是連起來的！」

一棟食人大廈捕食，所有食人大廈會同時感到飽足。

這些遊民的犧牲稍稍激勵了那些被孤立者。

於是，大家取消了週末要進行的抽籤，但是有希望的一方先提出了這樣的要求。

「如果其他建築物裡的人沒有被救出的希望，不如先從那邊開始抽籤！可以活下來的人得先活下來，不是嗎？」

很自私的主張，但也很合理。

可是沒有希望的一方絕對不會欣然同意。

「你們是因為能逃出去才這樣的吧？好，那來試試看啊！我們全部都會團結在一起！絕對不會做出那種放棄同胞的惡行。」

就這樣，時時刻刻情況千變萬化，給人們帶來很大的樂趣。

單是為了多數犧牲少數，再到死刑犯的人權、小規模反烏托邦、希望和絕望，最後是強迫犧牲。

這可說是世上收視率最高的節目，因為明天還未來臨，節目觀賞起來更加有趣。

但是情況再次急轉直下

「我們成功製作出炸彈了！就算是用炸彈自殺，也會從內部讓怪物炸開！我們會告知行動時間，請自行躲避！」內部的人表示。
炸彈將在無法從地下逃跑的電子商店街進行引爆。
想當然耳，大家又吵得不可開交。這段時間因為各種理由對立的媒體全部齊聲反對。
「瘋子啊！怪物又被破壞的話會分裂成十六個！」
「啊？現在是要殺掉上百個人嗎？怎麼可以這樣？」
「可能會發生世界級的災難！這可不是隨便想想就能解決的問題！」
但是也沒有方法能阻止他們。這些人的意志十分堅定。
「難道就這樣坐著等死？我們的行動只是為了活下來！人為了活下來而做的行為，不應該被問罪！」
大家知道無法說服他們，於是開始要求政府。
「分配死刑犯！就算得尋求鄰近國家的幫助，也請救救那些人！」
「國家緊急命令，緊急命令！不管是植物人的器官捐贈，還是從全國徵求自願者，不管什麼、做就是了！」
「都過了多久還找不出對付怪物的方法？我繳的稅金都花到哪裡去了！」

政府立刻答應送人進去，但是僅限於自願的死刑犯。然後透過提供補償的方案，也得到了鄰國的幫助。

「真是的，如果是這麼容易可以決定的事，這段時間為什麼坐視不理？」

沒錯，政府早該站出來。現在大廈裡的人不願意接受政府的請求。

「我們不希望一輩子困在這個該死的大廈，我們想要回家！明天中午進行引爆，大家請自行躲避！」

人們看著他們，忍不住咒罵他們都瘋了，甚至還有人說出「你們怎麼能夠那麼自私自利？難道打算讓地球的人類全部滅絕嗎？」諸如此類過於偏激的話。

「你們就算被救出來，以為能不被究責嗎？世上所有人都會對你們指指點點、咒罵你們！你們難道想對被你們害死的人以怨報德嗎？」

「只要再等一下政府就會找到解決辦法，不是說會分配死刑犯給你們嗎？為什麼就不能等？為什麼？」

「我真不懂！這個行動應該是要為人類著想吧！」

各種聲音如同詛咒，還有等同逼他們默默犧牲的話語排山倒海而來。

然而，沒有任何轉寰餘地，預定的中午時間來臨。

人們驚慌失措、作鳥獸散，遠離這個充滿高聳建築物的都市。鄉下的農田和附近的小山坡人滿為患。

接著，在眾所矚目之下，電子商店街食人大廈的最頂層炸開。

轟隆！

炸彈所展現的威力之大，很難相信是自製炸彈。炸彈從內部將黑色嘴脣炸個粉碎。

不久後，正如預期那樣，黑色煙霧又重新聚在一起，人們不禁害怕又會出現第十六個新食人大廈。

嘰咿咿咿咿！

不斷發抖的黑色嘴脣發出尖叫，漸漸變成深藍色。

片刻之後，發出呻吟尖叫的黑色嘴脣變成白灰色，隨風消散。

「……」

「……」

「……」

當大家還搞不清楚狀況的時候——

「食人大廈……那些怪物全死掉了！全部都死掉了！」

親眼目睹奇蹟場面的人們發出歡呼。

真是這樣嗎？正解其實是從內部發動攻擊嗎？

大家緊張等待好幾個小時，黑色嘴脣都沒有再出現。

原本所謂的自私少數瞬間成了英雄。

「電子商店街的人救了我們大家！」

「不對，這和救了全人類沒有兩樣！」

「那個叫金南宇的傢伙真是英雄！為了讓黑色嘴脣內部爆炸，自告奮勇綁上炸彈，進行自殺攻擊！」

「真是太厲害了！知道炸彈是怎麼做的嗎？簡直像是電影一樣！」

讚美他們的話到處傳播。但是從建築物逃出來的人，那些瘦弱又冷漠的人毫無得意神色。

「我們只是想活下來，只是想活下來的幾個人罷了。」

「……」

不管是誰接受訪問，在電子商店街活下來的人眼神全都黯淡不已。大家無法正視他們的眼睛。不管是從電視畫面還是哪裡看到，那些隨意取笑他們的大多數人，都不敢正視他們的眼睛。

某一天，陰間代表找上人類。

陽間的死亡率不會太低了嗎？因為這個樣子，現在陰間發生了嚴重的人口問題。

人類不懂他在說些什麼，於是陰間代表論述如下。

簡單來說，和陽間的低出生率一樣——陰間人口嚴重不足！以前都不會這樣的。以前的人壽命短，活到三十、四十就會有人來陰間報到。現在人類平均壽命竟然七十？八十？不會太過份嗎？當然啦，死亡人數隨著人口暴增，也曾一度增加，那時生意真的很好，第二次世界大戰更是厲害。反觀現在，陰間別說是復興了，連要維持現況都很吃力！加上現在來的死者都是一些老人，只徒增了撫養負擔！我們不要那些來陰間享受一下招待就煙消雲散的老人，我們需要年輕人！

帶著諸多不滿的陰間代表提出的結論讓人類非常衝擊。

我們陰間通過了死亡者兩倍政策，從現在起，我們會幫陽間的人類隨機配對，兩人中只要一人死亡，另外一人也會跟著一起死。

「什麼？」

「天啊！」

我們相信陽間能夠理解陰間的政策，那就先告辭了。政策從明天開始實施，請特別留意。

陰間代表消失後，人類陷入大混亂——因為這不就代表自己有可能死得不明不白嗎？

雖然覺得也不至於發生這種事吧！然而這一切隔天卻成為現實。各個地方都發生了沒病沒痛的人突然停止呼吸的狀況。

人類立刻亂成一團。

「該死的！我靈魂的另一半是誰？」

「該如何找到靈魂的另一半？得告訴我們吧！」

「哪有這種事？我究竟犯了什麼罪要這樣死去？」

再也沒什麼比不知何時會死更可怕了。

如果知道靈魂的另一半是誰應該會好一些。問題在於，我靈魂的另一半不知道是在我的身邊還是在地球的另一邊。

全世界立刻停止執行死刑，因為處死一位死刑犯，會讓另一個無辜的人死去。

戰爭當然也中止了。不只是戰爭國，就連鄰近國家也為了和平、積極介入調停。畢竟人人都可能因為戰爭跟著陪葬，怎麼可能什麼也不做、只隔岸觀火呢？

各國對第三世界的援助也一傾而出。

「你們知道一天有多少小孩餓死嗎？誰知道那些小孩的另一半會不會是比爾．蓋茲或巴菲特？」

如果把社會當作叢林，過去獨占權力和財富的人位於食物鏈頂端，因此喪命機率明顯比底層低很多。

但是現在性命的價值變得平等，就連沒有半分錢的遊民死掉也可能導致百萬富翁跟著喪命，也許這就是富者和一無所有之人的分別。

當知名人士接二連三猝死，各個企業不分你我，紛紛慷慨解囊，把錢投資在建造社會安全網上。

「韓國年輕人自殺的理由是什麼？必須從根本解決！」

「都是那該死的學校暴力！以前為什麼置之不理？」

「老人福利怎麼回事？要讓老人到處撿廢紙到什麼時候？」

「警察是在幹麼？昨天不是又發生殺人事件！多關心一下治安吧！」

所有人類同心協力，努力降低死亡率。

全人類的死亡率下降到讓人無法置信的程度，然而，陰間代表又來了。

死亡兩倍政策實施成效不彰，未來我們決定要實施死亡三倍政策。

陰間代表來過之後，人類更加團結合作。

如今，絕對不可能聽到有人餓死這種事，或者因為事故而死亡。不管是什麼事件，人類的反應都很大。

「維護安全的行為必須徹底執行！」

「酒駕是身為人類絕對不能做的！」

「現在有必要節省那一點錢嗎？不能放任那種企業繼續下去！」

人類的目標只有一個。

阻止除了老死以外的所有死亡！

人類拚了命努力，除了老死之外，其他的死亡全部顯著減少了。

不僅如此——

「我們研究所找到了抑制老化的祕方！」

人類竟然連老化都打算征服。

有部分人持反對意見。

「人類永生也沒關係嗎？」
「這樣下去地球人口會太飽和的！」
「現在世界已經變得夠好了，不能做到那個地步。」
但是，這種反對聲音毫無力量。
反正眾人認為永生總有一天會來，現在不過是提早罷了。
人類加速研究，終於成功開發出停止老化的藥方，而且也不再像過去那樣是有錢人的專利。
「請先分配給老人！再投入製作分給所有人！」
人類因為年華不會老去而歡呼，終於連死亡也征服了，人類興奮不已。
不過，發生了出乎意料的事。
「我不想吃那個藥……」
「我活得夠久了。我只是期待有一天能夠安息。」
「能活多久就多久，我的夢想是死掉後葬在老伴身邊。」
許多老人拒吃老化防止藥，他們比任何人更清楚死亡等於安息。
他們深切感受到安息才是人類所需。

年輕人是絕對無法理解這種事的。對年輕人來說，這是吃不到的藥，是不論如何都想取得並服用的藥。

如果可以克服死亡，為什麼要拒絕？

「這藥是免費提供的，為什麼要拒絕？得健健康康、長命百歲呀！」

「老人家！想想其他人、吃藥吧！」

老人全被半強迫的餵了藥。

之後，所有人像餓鬼般吃下老化防止藥。有許多人生氣地說，為何藥不在他年輕的時候推出呢？

防止老化藥連死亡也擋了下來，人類的死亡率真的變得非常低。

就算發生三個人一起死去的情況，也是因為不可抗的自然災害。

日子就這樣過去。某一天，陰間代表又再次到訪人間。

難怪……原來陽間發明了老化防止藥啊。

人們不滿地想。

「看來這次政策要換成四人結伴死亡了。」

「真是瘋了！人類努力又有什麼用？結果還不是一樣。」

「來啊！讓你看看死亡率百分之零的威力！」

但是陰間代表頗為開朗。

太厲害了！托你們的福，死後來陰間的人一點也不老。這和之前陰間因為老化而逐漸消滅的人質量完全不一樣。

「？」

托各位的福，最近死亡的人可以永遠在陰間工作了。雖然讓那些人無法安息不太好，但這也沒有辦法。我們擔心未來陰間人口太多，所以決定把死亡系統恢復原狀。恭喜你們，陽間的各位。

「……」

人類不禁慌亂，聽到這個好消息是該笑呢——還是該哭？

因為還沒有死，所以無從得知。

人的定義究竟是什麼？

某天，從宇宙掉了一個巨大肉塊到地球上。肉塊有多大呢？大到能把一整個城市淹沒的程度。

身分不明的淡粉色肉塊把落點附近所有東西「咕嚕」一聲盡數吞食，連城市裡的人也不例外。

那些人死亡的方式比想像中還可怕，因為過了一個小時後，肉塊的淡粉色表面上，被吞食者的上半身像石頭那樣凸了出來。

這簡直是地獄。那些人發出尖叫、昏厥、否認現實、自殘……

看到他們，受到衝擊的人類嘗試出手營救，但是人類必須面對更可怕的事實——為了救出他們，人類剖開肉塊，但是那些人的下半身並不在裡面。他們和肉塊已經合而為一了。

還有一件足以讓人類驚駭尖叫的事。

肉塊逐漸變大。雖然速度很慢，卻以一定速度擴展半徑，吞食地上的一切。過了一個星期，隨著肉塊變大，擴張的速度也加快了。

肉塊現在成為全人類的重大問題。這個東西當然是要處理掉的，但是這樣做會有一個問題：

就是那些冒出肉塊表面的人。

這一個星期內，他們不停掉淚、尖叫，拜託人類不要殺了他們，拜託人類救救他們。

人類因為他們而無法出手攻擊，又不能因為那些人手下留情。

在進退兩難的討論中，人類最後得出一個結論。

應該把那些人當作人？還是不當作人？

兩派人士對立。強硬派的人說那些人與死人無異，必須在肉塊變大前進行攻擊、消滅他們；溫和派的人則說他們還是活生生的人，應該要研究的是救出他們的方法。

一開始理所當然是溫和派的意見更強勢。

那些人雖然只有上半身，但是他們有想法、有感覺、會說話，和我們一樣都是人。

但是強硬派的想法不同。強硬派人士大聲疾呼。

「那些人現在不覺得痛！感受不到熱也感受不到冷！他們已經和那個怪物一樣了！我們必須在怪物變大之前果斷發動攻擊！」

人類反對這番言論。怎麼能只靠這些就斷定他們和肉塊一樣？

但是隨著時間流逝，那些人漸漸變了。發現此事的強硬派又再次呼籲。

「他們現在無欲無求！不會覺得肚子餓，不用睡覺，也不會無聊！食欲、性欲、睡眠、排泄……等等，已經沒了這些欲求還算是人嗎？」

這番話讓人類陷入思考，可是沒有欲求也不等於不是人啊。

時間越久，那些人又逐漸改變，強硬派再次拔高音量。

「現在那些人失去了生前的記憶！連自己的家人也不記得！一生的回憶、記憶全部消失，只剩下半個肉體，那些人還算是人嗎？」

這番話讓人類大大動搖。可是也不能因為沒有記憶就斷定他們不是人。

又過了一個星期，強硬派再次大喊。

「現在他們連感情也消失了！不會傷心，也不會開心，更不會生氣！失去喜怒哀樂的他們還算是人嗎？」

這次大部分的人類都認同。現在電視上播出的模樣，看起來和一開始差很多。

那些人什麼欲求、要求都沒有，臉上也沒有表情，就算受到風吹雨打，也毫無感覺，甚至一點也不關心來探望自己的家人。

他們只不過是附著在那個肉塊表面上的物體罷了。

強硬派人士以一句話來定義。

「現在他們不是人了，只不過是那個怪物皮膚上的石塊！」

人類同意強硬派的言論。在大部分人類的眼裡，他們不再是人。

而且如果繼續放置，整個地球都會被肉塊吞食。現在該是清除怪物的時候了。

終於，人類定下轟炸肉塊的日期。

這次轟炸作戰，名為「瘦身」！

這是處理這個巨大肉塊怪物最適合的作戰名稱。

空襲開始前一天，留到最後的少數溫和派人士去探視那些困在肉塊中的人。

溫和派人士認為，至少要告訴那些人他們最後會如何，同時幫助他們完成最後的心願。

這個行為讓強硬派人士發出了冷笑。

「哼！沒有感情、沒有記憶，連欲求都沒有的人，會有什麼心願嗎？」

大多數人也抱持相同想法。

即便如此，溫和派人士還是去探視了肉塊表面的人，並和他們對話。

「明天你們所有人都會死掉。」

就算聽到自己即將死亡，那些人也只是呆愣看著前方，什麼反應也沒有。

從電視上看到這副樣子的人大多心想：果然如此。

溫和派人士不捨地對最近的一位少女說話。

「在最後，妳有什麼心願嗎？」

「……」

「有沒有最後的心願？或是想說的話？」

「……」

少女什麼話也沒說，看電視的人認為溫和派的行為根本白費工。

失落的溫和派人士用抓住最後一根稻草的心情拜託少女。

「妳聽得到也看得見吧？也可以說話吧？妳想用這些能力做什麼呢？什麼都好，請務必做些什麼吧？」

當看電視的每一個人都認為溫和派的行動毫無意義，少女開口了。

「那麼，我唱一首歌吧！」

「啊——好，妳就唱吧！」

沒多久，少女的口中傳出歌聲。

那是一首沒有感情、枯燥無味的歌曲，歌詞也沒什麼特別的意思。只不過是在事件發生當時流行的一首歌。少女唱的只是沒有任何意義的流行歌曲。

接下來，發生了一件神奇的事。

少女附近只剩上半身的人也和她一起唱起了歌。

不久之後，周圍的身軀也加入唱歌的行列。

然後是旁邊、上方、四周。最後，整個肉塊表面的身軀都一起唱歌。

看見這個場景的溫和派人士不禁顫抖，全世界看電視的人全都說不出話來。

「……」

少女的歌聲、附著在肉塊上的身軀，他們的歌聲持續了一整天都沒有結束。

但是什麼也沒有改變。空襲還是按照原訂計畫，在隔天進行。

不同的只有一點，作戰名稱改變了。

名稱變成「崇高的犧牲」……

有人發明了非常厲害的水。

在偶然間發明了那種水的開發公司，把這神祕的水命名為「淨化水」。

淨化水比世上任何水都還要潔淨透明，真的是非常神祕又讓人著迷的水。

首先，開發公司代表在大眾面前示範淨化水的使用方法，人們見了驚訝不已。代表親自浸入裝滿淨化水的浴缸，不久後，他的身體就像是溶雪那樣化在淨化水裡。

人們尖叫起來，但這個現象並非是鹽酸或是什麼劇毒物質引起的，也沒有產生煙霧和泡沫，溶化代表的淨化水裡也沒有浮現什麼雜質。

換句話說，就只是人變成水，變成了清澈透明的水。

不過，讓人們更驚訝的是一個小時後發生的事。

浴缸內的淨化水開始慢慢凝結成不透明的物質，最後變為人。代表再次恢復人形。

他吸收了浴缸裡所有淨化水，彷彿脫胎換骨，看起來格外清爽。

「各位！只要浸在淨化水裡一個小時，變成水之後再醒來，就可以感受這輩子從未體驗的爽快感！」

簡單來說，淨化水的效果就是為人類打造完美的身體狀態，幫人類消除累積在身裡的所有疲勞，打造這輩子最棒的體驗。

使用過淨化水的人都十分訝異，這是透過任何休息和睡眠也無法達到、人生最棒的狀態。

這感覺超越清爽，令人神往不已。如果要比喻，就是終生電力只有百分之七十的電池突然充電，達到電量百分之百的感覺。

淨化水的能力受到大家認可，因此即使售價昂貴，還是超級熱賣。

那些即將參加比賽，或是將迎來學測等重要日子的人，會把淨化水當作必須品使用。

藝人或是藝術家若是沒有淨化水，簡直無法生活。偶爾還會有有錢人倚靠淨化水取代每天的睡眠。

因為使用淨化水就不用睡覺，所以一天二十四個小時中有二十三個小時可以維持在最佳身體狀態。

淨化水簡直變成全人類為之瘋狂的劃時代發明。

但是，淨化水也有幾個必須注意的重要事項：

第一，人類溶化變成的水絕對不能流掉！

如果人類溶化變成的水散落各處，過了一個小時也不會再次變回人類。（曾發生了一個可怕事件。某天凌晨，因都市發生強震，許多正在使用淨化水的人化為水後再也變不回人。該事件發生後，有公司還開發了淨化水專用膠囊型浴缸。）

第二，絕對不能對人潑灑淨化水！

一瓶淨化水並不足以把一個人溶為水，至少要把一個浴缸裝滿，才可以溶化一個人。

不過，如果對人潑灑一瓶淨化水呢？

結果將十分駭人。被潑到淨化水的位置如果沒有在一分鐘內擦掉，那裡會立刻變成水。所幸淨化水碰到皮膚一定會有輕微感覺，很快就可以發現並擦掉。

第三，絕對不能好幾個人同時使用！

如果兩個人一起浸泡在淨化水裡、變成了水，只有一個人會再次變回來。變回來的基準……根據開發公司的說明，比較有存在價值的人最後會留下。

儘管開發公司鄭重警告，還是頻繁發生同時使用的事故。不管是誰，浸泡淨化水後都會呈現透明狀態，所以常發生不知道有人正在浸泡、結果進入浴池的情況。

當然，發生這種事故，開發公司完全不用負任何責任。

不過，在這些事故之中出現了衝擊的發言。

「發生淨化水事故，最後是我存活下來……我感受到了前所未有的滿足感。」

在淨化水中吸收他人存活下來的人，產生了言語難以形容的滿足感。

人們聽完這個發言後，使用淨化水時開始出現一個犯規的流行，就是在浸泡淨化水時帶著雞、豬等食用家畜一起浸泡。

和家畜一起溶化成水，醒來後再變回人類，可以獲得出生至今第一次心靈滿足的感受。

和雞一起泡進淨化水的人，可以感受到前所未有、從未嘗過的雞的「原始風味」——有些人甚至這樣形容。說感覺就像品嘗到雞的靈魂。

可能因為那強烈的滿足感，有些瘋子在經過協議後一起浸泡淨化水，因為他們相信自己比別人更有價值……

除了可以擁有人生最棒的身體狀態，還能節省睡覺浪費的時間，甚至連口欲的飽足都能擁有。

只要使用過一次，絕對會深陷淨化水的魅力，無法自拔。因此就算開發公司以驚人的氣勢生產許多淨化水，仍是供不應求。

開發公司增加了非常多間生產淨化水的工廠，在過程中，甚至向各國請求協助。

國民的身體狀況變好，活動時間增加，對國家的競爭力有很大的幫助。因此各國也給予開發公司許多支援。

開發公司得到各國支援，在世界各地建立淨化水工廠。工廠越多，淨化水的價格就越低，有越多工廠的國家就可以用越便宜的價格使用淨化水。於是人們更希望工廠增加，以降低淨化水的價格。

不過並非所有人都歡迎淨化水工廠。

淨化水的神祕原理和製造方法太不可思議，使用時的致命注意事項也讓人不安。但是這些意見全被忽略。只是感到不安無法成為反對的理由，畢竟正面功用實在太大了。

淨化水越普及，國家的競爭力越提升。有某個國家乾脆把淨化水當作國有企業經營，以對全國人民提供淨化水為目標，全面支援開發公司。

當一個國家這麼做，其他國家也陸續跟進，把淨化水事業指定為國營，因此工廠如雨後春筍般林立。

倚仗各國的支援，開發公司真的能透過許多工廠生產淨化水。儘管如此，還是沒辦法交出一整個國家的人民可以使用的量。

那些以全民都能使用淨化水為目標、出手支援的國家，開始對開發公司施壓。

「都蓋了幾間工廠，卻只能生產那一丁點數量？我們去了解之後發現原來工廠一天只運作十六個小時——請讓工廠運作二十四小時，以增加生產量。」

開發公司表示反對。

「不行。機器從來沒有這樣運轉過，這麼一來可能會負荷不了，不知道會發生什麼事。」

但是國家有國家的立場。

「聽說鄰國的全民淨化水供給率逼近百分之六十？我國只有百分之四十五，這樣下去國家競爭力就要被鄰國趕上了！所以請馬上讓工廠二十四小時運轉！」

「這樣我們無法保證安全性——」

「就這樣去執行！反正現在也持續在蓋工廠，先這樣做到工廠蓋好為止！」

開發公司束手無策，只能讓淨化水工廠二十四小時運轉。然而，這個消息不到一天就傳到其他國家耳中。

「聽說鄰國的工廠二十四小時運轉？那我們也要比照辦理。」

「但是這樣工廠會負荷不了……」

「我們不能輸給其他國家！其他國家的全國淨化水供給率達到百分之百時，只有我們落後，這怎麼可以？請讓工廠二十四小時運轉。如果反對，就算強制我們也要執行。」

「……」

最後，全世界每一間淨化水工廠都是二十四小時不間斷。

然而，情況與開發公司的擔心背道而馳，機器就算二十四小時運轉也沒發生任何問題，各國都很滿意，工廠不停生產淨化水。

平平安安過了一個星期，當一個月過去，大部分國家的全國淨化水供給率都增加到接近百分之百。

全世界的人類都不知疲倦為何物，人類一天的活動時間延長為二十三個小時。不管做什麼，人類都發揮了最高效率。藝術家的靈感不斷湧現，文化蓬勃發展，科學家讓科技日新月異。

人類真的迎來了歷史上最棒的全盛期。

但是全盛期只有一個月。

一個月後某一天，開發公司的擔心終於成為現實。

世界各地的淨化水工廠因為負荷不了，同時發生了多起爆炸事件。

因此，公司緊急疏散了工廠周圍的人。

損失並沒有想像中大，除了在工廠內部工作、直接受害的極少數人外，工廠附近沒有什麼損失。

看著那些不停冒出煙霧的淨化水工廠，人們這樣想：

「什麼呀，就算負荷不了爆炸，也沒怎樣不是嗎？應該快點恢復工廠的運轉啊！」

人們已經嚴重上癮，到了沒有淨化水就活不下去的程度，一心只想讓工廠快點恢復運轉。大家都覺得不過就這麼一點損失，就算淨化水工廠再次爆炸，工廠也應該二十四小時運轉才對。

但是人們不知道的是，淨化水工廠爆炸將會帶來多麼大的災難。他們真的毫無頭緒。

當人們意識到，已經是爆炸後開始下雨的瞬間。

「啊！我的腳！」

「水？」

「這是淨化水——淨化水的雨！」

從淨化水工廠不停冒出的煙霧升到天空，變成了雲。變成雲後為整個世界帶來雨水——淨化水之雨。

人、動物、植物。地上所有淋到雨的生物都變成了流動的水。

淨化水就如其名，淨化了世界，雨下了又下，一刻也不停。

人們全部成為流動的水。

永遠不會老的人

永遠之球虛擬投票結果，看來今年也一樣會維持使用永遠之球。本次投票率為百分之六十七，和去年相比……

「該死的老人！」

金南宇歇斯底里，「咚」的拍了會議桌一下。

人類進化員委會會長金南宇無法接受這個每年如出一轍的投票結果。

「那些喪心病狂的老人到底要活到什麼時候？秋刀魚！拿一瓶燒酒過來！」

雖然坐在旁邊的孔治烈臉色也不太好看，但還是先勸金南宇別喝了。

「昨天不是喝過了嗎？哥，你得想想你的酒精分解力呀。」

「吵死了！這情況能不喝嗎？叫你拿就拿！」

「唉呀……」

束手無策的孔治烈從椅子上跳了下來，然後用他的小短腿蹣跚走向冰箱，踮起腳尖，拿出燒酒瓶，回到位子遞給金南宇。

金南宇用他的小手接過燒酒瓶，對著瓶子喝了一口，以痛苦的表情發出呻吟。

「呃啊——該死。呀！你也喝一杯吧！」

「哥，你也知道，我一口也喝不了。」

「哎，真該死！」

金南宇和孔治烈是外表看起來只有十來歲的少年。然而真實年齡分別為三十二歲、三十歲。

二十年前，有個外星人來到地球觀光，人類統一政府竭盡全力地招待他，於是心滿意足地完成觀光的外星人留下了一份禮物。

永遠之球。那是一顆表面光滑又精緻的金屬圓形物體。

多虧有了那顆永遠之球，人類才能永遠不老。三十歲的人永遠三十歲，二十歲的人永遠二十歲。

但是有一個問題：不會老很好，但是成長也會一起停止。

十歲小孩永遠十歲，新生兒永遠都是新生兒。

永遠之球對某些人來說有著永遠年輕的意思，但是對其他人來說，等同永遠停滯。

剛開始那幾年，大部分的人對於年紀不會增長都開心不已，但是漸漸，有些小孩對於自己怎麼吃也不會長大的身體產生不滿。

必須永遠以小孩子的身體生活的這些人組成民間團體：人類進化委員會。以不要使用永遠之球為訴求宗旨。

最後，政府一年實施一次全人類投票，決定是否使用永遠之球。結果——

二十年來毫無例外。總是繼續使用永遠之球的一方勝利。

即使如此，他們還是很努力地抗爭，用小孩子的身體進行各種連署，為了讓大眾明白永遠之球的弊端，用短小的腿努力奔走著。

但是投票結果總是失敗。年年感到無力的會員一個個退出，最後只剩下金南宇和孔治烈，現在，委員會只是空有其名。

「到底為什麼！為什麼就是不終止使用永遠之球！」

房內氣氛凝重。每年大家都期許今年說不定會不一樣！但是永恆不變的投票結果讓兩人提不起勁。

其實，今年可能會勝利。

隨著保守政權下臺，媒體也登了幾則關於永遠之球弊端的輿論，網路和SNS也有不少中止永遠之球的說法。

人類進化委託會今年全力投入，實際虛擬投票率預測也以極小的差距超過半數，但某個瞬間，輿論遭到逆轉。

都是因為年齡炸彈。

每當接近投票日，各種媒體都會大肆討論年齡炸彈。

如果中止永遠之球的使用，那麼，這段時間沒有老的年齡會一次到位——這是很有可能的。如果今年投票決定中止永遠之球，那麼，現在外表年齡三十歲的人瞬間會變成五十歲的老人身體……

最後總是這樣，虛擬投票率大幅逆轉，連留到最後的會員都全部離去。

「他媽的年齡炸彈！根本是沒根據的說法，為什麼每年都要拿出來講呢！」

金南宇怒氣難消，他身旁的孔治烈則是嘆了一口氣。

「哥，最後關鍵還是在於輿論。幾乎沒有一家媒體報導我們的立場，投票怎麼可能會贏？」

「媽的！都是一丘之貉！該死的老人！」

其實，永遠之球弊端不少，卻沒有一個媒體詳細提及。

各電視臺都不願報導他們的主張，不管多麼努力地在網路上炒熱，現實中投票還是屢吃敗仗。

金南宇悶悶不樂地把身體塞進比自己還要大的椅子裡，這時，孔治烈小心翼翼地提議。

「哥，那麼攔截電視訊號如何？」

「攔截電視訊號？」

「我認識的人當中，有個叫田鼠哥的人。他擅長做一些怪東西。田鼠哥說，只要他有心，可以攔截電視訊號三十分鐘。」

「真的嗎？」

金南宇雙眼放光，坐正身體。

「三十分鐘？如果有三十分鐘……」

金南宇很快地動了一下腦筋。

「可以盡量挑出一些事實內容，讓大眾知道永遠之球的弊端。三十分鐘的話很夠了！如果能夠攔截正式投票前一天尖峰時段的電視畫面——」

「哥，但問題是那是犯法的行為。」

「現在還計較這種事嗎？都忍了二十年了！也該不擇手段了！去哪裡可以見到你說的那個人？」

說話時的金南宇臉上充滿了決心。

秋刀魚帶路，來到都市近郊的某個地下室。這個叫田鼠的小孩還長得真像一隻肥胖的田鼠。

田鼠也和他們一樣，擁有十歲小孩的體型，身上穿著沾了油漬的工作服，小手上有著汙漬。這個模樣和他一點也不搭。

工作室周圍充滿作用未知的各種機器，由此可知，田鼠不是凡俗之輩。

「你可以幫助我們嗎？」

「我可不想成為罪犯。」

田鼠對金南宇的委託有些猶豫。金南宇則是鍥而不捨，一再說服他。

「必須停止永遠之球的原因你不懂嗎？再這樣下去人類會走向滅亡的。」

「那倒是。」

田鼠還是猶豫不決，站在旁邊的孔治烈有夠鬱悶，忍不住大聲說道：

「哥！你不是說想要做愛嗎？你說過死之前想要做愛！」

「咳咳！秋刀魚你這傢伙……」

「這樣的話不是卻是該暫停永遠之球嗎？才能在死之前做些什麼！」

「呃咳咳……」

田鼠滿臉通紅。孔治烈緊迫盯人的攻勢奏效。

「知道了啦，但是絕對不能洩漏有我牽涉其中！如果被警察抓到的話和我無關喔！」

「啊！謝謝！所有責任當然都由我們來扛。」

「呃，只要攔截三十分鐘就好了嗎？」

「如果可以更長——總之越長越好。」

「這個嘛，就連是否能攔截訊號三十分鐘都不知道呢，畢竟電視臺也會採取應對措施的。」

「反正就萬事拜託了。日期就訂在永遠之球投票的前一天。」

得到了田鼠承諾，金南宇更加胸有成竹。

金南宇和孔治烈用那副小小的身軀認真翻查電腦及各種資料；用短短的腿到處奔走，收集情報。

「用事實來證明！收集各種真實案例，盡量讓當事人接受訪問！」

「喔！好！」

「找出所有相關論文和統計數據！秋刀魚，我想說的話很多，讓我們動起來吧！」
「好！」
用小小的身體東奔西跑十分辛苦，但兩人的臉上散發著光芒。

在田鼠的地下室，金南宇穿著不合身的西裝，站在相機前面。他仔細端詳手中的手稿，看著時鐘，然後對著相機後的田鼠說：
「現在剩下三分鐘。」
「準備好了！」
金南宇轉向站在另一邊的孔治烈，正在確認電視的孔治烈答道：
「收視率最高的連續劇剛剛開始了！」
金南宇點了點頭，一臉緊張地看著相機。過了一會兒，注視時鐘的田鼠啟動了設備。
「很好，現在——開始！」

金南宇擺好姿勢，正在確認電視畫面的秋刀魚突然放聲大喊：

「哥！出現了！出現了！」

「噓！」

兩人一安靜，正經注視相機的金南宇便開始講話。

「所有人類大家好。我是人類進化委員會的金南宇，先借用大家三十分鐘的時間。」

問候完後，閉上眼睛又慢慢睜開的金南宇提高音量。

「明天就是要不要使用永遠之球的投票日。在投票之前，我有一些話想跟大家說：請終止永遠之球的使用。永遠之球給人類帶來的弊端是真的，我們不能一直逃避。」

金南宇張開雙臂說道。

「請看看我，二十年來一直是小學生的身體。你們想像得到我們這些人的痛苦嗎？能體會嗎？不，也許你們連一半都無法體會，因為這段期間，媒體根本沒有充分報導。我們沒有職業、不能結婚、連夢想都是奢侈的。這副小孩子身體連喝酒都不能盡興，不能去旅行，很難有什麼生活樂趣。是的，我們也不能做愛。

那麼，那些年齡比我們還要小的小孩會怎麼樣呢？那些二十年來一直是嬰兒的人，該怎麼辦呢？」

金南宇拿著資料。

「大腦尚未發展健全的新生兒這二十年來只能以嬰兒的外貌生活，養育他們二十年的父母心情會如何？為了照顧孩子、每天晚上只能睡三、四個小時的父母又怎麼樣？還有二十年來一直在哺乳、換尿布的父母呢？連希望孩子每天成長、進步也沒辦法的父母，該怎麼辦？」

金南宇翻閱新聞資料，接著說。

「每年死掉、被丟棄的嬰兒數量以倍數成長，特別是永遠之球投票後的隔天數量最高。你們知道那些小孩是被誰殺死的嗎？就算知道，又有誰能夠責怪他們？」

金南宇暫時調整一下呼吸，降低音量，接著說。

「不孕夫妻的問題是從什麼時候從新聞消失的？為什麼我們看不見和不孕有關的消息？是誰故意封鎖？大家都知道，我們就算懷孕也無法生小孩，因為孩子在肚子裡是不會長大的，你們難道不知道這有多麼可怕嗎？每年人類的數量都不停在減少！」

金南宇把各種統計資料給大家看，氣憤不已。

「我們不會變老，但我們是不死的神嗎？車禍、自然災害、戰爭、殺人！人類數量一直在減少！但是沒有新生兒出生！這意思就是，如果繼續使用永遠之球，最後地球上的人類都會滅絕！我們非得到那個時候才會終止使用永遠之球嗎？」

金南宇滿臉通紅地拿起文件扔出去，大喊著說：

「要阻止人類滅絕必須立刻停止使用永遠之球！必須讓人類循環！循環！再循環！我們現在全都停滯了，誰希望停滯？既得利益者！不管地球是否滅亡，不想失去已握在手中好處的既得利益者！想永遠活在人生巔峰的既得利益者！擁有小孩身體的人就算歲數增長，也永遠不能就職。那些既得利益者永遠不會放棄自己的好處！」

金南宇雙眼充滿血絲。

「為了讓那些既得利益者不老不死，必須犧牲我們這些人的未來！而且還是以人類滅亡為條件！這樣的世界不應該改變嗎？一定要停止永遠之球！有人說停止永遠之球會爆發年齡炸彈？但這種事一次也沒被證明！因為從來就沒停過！這是不想變老的權力者捏造的謠言！全是假消息！如果人類不想滅亡，永遠之球就一定要停止！」

金南宇一副快要吐血的模樣，正在拍攝的田鼠也露出悲壯的表情。

金南宇望著鏡頭，流下了眼淚，然後以平靜的口氣說出最後的肺腑之言。

「我真的想要長大……拜託，請讓我變老……」

「……」

「……」

時間一到，孔治烈正在監看的電視畫面恢復為原來播出的連續劇。

三人什麼話也沒說，沉默籠罩整個地下室。

「哥！網路簡直爆炸！反應超好的！」

孔治烈滿臉興奮，掩飾不住高興的表情。

「輿論完全逆轉了！虛擬投票結果也逆轉了！照這樣下去明天投票贏定了！」

「……」

孔治烈眼眶一紅，金南宇也是。

「秋刀魚！明天我們一定要喝一杯！」
「……沒問題！」
兩人看著彼此露出笑容。

千驚萬險！二〇××年，永遠之球投票結果以百分之五十二贊成通過，今年還是繼續使用永遠之球！

「……」
金南宇、孔治烈、田鼠三人瞠目結舌，田鼠比另外兩人更加憤慨。
「該死！怎麼會有這種人？老傢伙就那麼不想老嗎？」
孔治烈以生無可戀的語氣說。
「果然是因為年齡炸彈。因為害怕二十年的年齡炸彈，上了年紀的人全投了贊成票……」

「……」

低頭沉默不語的金南宇用可怕的眼神看著田鼠，問道。

「有什麼方法可以暗中入侵永遠之球的管理設施？」

「哥！」

「到底有沒有年齡炸彈？總之由我來證明給大家看——不擇手段。」

金南宇露出兇狠的眼神，咬牙切齒一番。他靜靜地盯著田鼠。而眉頭緊皺、陷入煩惱的田鼠說。

「真要做也不是不可能，但是必須非常審慎地計畫。」

「田鼠哥、南宇哥，那樣做太冒險了——」

「秋刀魚！你想永遠當小孩嗎？投票是不可能贏的！這該死的世界絕對不可能靠投票改變！就由我親自去停止永遠之球！」

「哥……」

秋刀魚一臉憂心地看著金南宇，但是金南宇心意已決。田鼠也漸漸露出和金南宇一樣的堅定神情。

「……」

「……」

「我猜應該得挖地道……」

在一個陰暗的夜晚，三人搭上熱氣球，飛向天際。

「哼！那是偏見！挖地道是要挖到何年何日？從天而降比較快啦！」

「你說的沒錯，但是這樣不會被發現嗎？」

「會呀！會被發現。可是這個有特殊塗層，晚上用肉眼看不出來，只有降落會比較麻煩。」

三人都穿了黑色同款西裝，孔治烈一臉害怕。

「我真的很怕，我不敢跳下去……」

「別擔心！這是無聲自動降落傘，你什麼都不用做，就可以準確地掉到屋頂水塔上！」

「你試過嗎？」

「……欸，沒有。」

孔治烈皺著眉，但金南宇表情堅決。田鼠手上的筆電立刻通知了大家降落地點，三人做好準備、縱身一躍。

孔治烈夾在三人中間，他們咬著布塊，同時一躍而下。

呀啊！

三人靜靜乘著降落傘準確降落在水塔上方，但幾乎跳下沒多久就碰到地，孔治烈在水塔上打了個滾。

多虧了能吸收衝擊的裝束，沒人受傷。但是孔治烈很快吐掉口中的布，將受到驚嚇的心情一吐為快。

「呃啊啊！怎麼會這麼痛？」

「咳，不過不是沒有聲音嗎？」

「走啦！」

他們從屋頂下來，在田鼠的主導下進入了建築物內部，三人像蹣跚學步的小孩一樣小心翼翼，走進逃生梯後一同坐了下來。

「從這道逃生梯往下走，有一扇連接中央管理室的安全門——當然，那扇門應該是上鎖狀態，我們只要用鑽的就可以了。問題在於裡面的警衛。」

「……永遠之球向來都有警衛守著嗎？」

「這方面的資訊完全不知道！不曉得裡面有誰、有幾個人。都要試過才曉得，我只有電視臺上播出過的片段。」

田鼠拿出永遠之球的照片，上頭拍到一個充滿各種圓形複雜機器的房間，永遠之球放在房間正中央，旁邊還有一個猶如火車鐵軌的控制桿，被拉到了左側。

「如果有警衛，不要理他們，直接跑過去拉控制桿，不管誰去都可以。」

「嗯。」

三人點點頭，開始行動。

幸好逃生梯那兒沒有警衛，三人得以安全抵達門口。金南宇把耳朵貼在門上。

「哥，有聽到聲音嗎？有人嗎？」

「……好像沒有。」

田鼠點點頭，馬上拿出工具，打開鎖住的門。他小心地擺好姿勢，慢慢把門打開。門一開，金南宇立刻觀察內部，小聲的說。

「……有一個人，好像不是警衛，是管理員的樣子。他坐在遠處的椅子上，背對著我。」

他們互看，點了點頭，步步為營進到內部。三人趴在地上，慢慢爬到管理員附近。

管理員伸了一個懶腰，便發現了趴在地上的三人。

「你們是誰？」

「他媽的！幹！」

金南宇突然起身、衝向管理員。但是用這副小學生身體去衝撞一點用也沒有。金南宇輕而易舉地被推開。

「呃！」

孔治烈和田鼠也立刻跑到管理員那裡。

「你們這些傢伙是誰——啊！」

迅速起身的金南宇用盡全力摀住管理員的嘴，秋刀魚則抓住他的腳、將他拉倒，田鼠坐在倒下的管理員身上。

如字面那樣，三個小孩分別控制了管理員身體的三部分，制服了他。

把管理員捆綁住的田鼠急忙從包中拿出膠帶，先堵住了他的嘴。

「呃嗯嗯！」

管理員的手被往後拉、捆綁起來，像蝦子一樣平躺在地。他的全身開始發光。

「哥！這樣搞下去人就都要來了！」

「哼！那要弄暈他嗎？」

「沒時間啦！」

金南宇馬上朝永遠之球跑去，猶豫不決的兩人也先把管理員撇在一邊，跟著跑了過去。

永遠之球前方有個往左傾斜的控制桿，迅速抓住控制桿的金南宇將它使勁往右拉。

但是——

「咦？」

金南宇拉不動控制桿，於是轉頭叫其他兩人過來。

「拉不動！快點來！」

三人立馬緊靠控制桿，嘿咻嘿咻使勁全力往右拉。

——都這樣了，他們還是拉不動控制桿。覺得很奇怪的田鼠觀察了一下控制桿，急忙大喊。

「等一下！搞什麼嘛，控制桿根本是固定的。」

「你說什麼？」

這時金南宇才去查看控制桿下方。如田鼠所言，為了不讓控制桿移動，下方填滿了水泥。

「該死的，竟然使出這種方式阻止？」

金南宇憤怒不已。

「打從一開始就沒有什麼投票這回事。這些人打算永遠固定控制桿嗎？這些傢伙真可惡！」

「哥，現在該怎麼辦？」

孔治烈和田鼠一臉急切地看著金南宇。

「……」

金南宇沉思片刻，睜開炯炯有神的眼睛，抬起頭來。

「沒關係！」

「什麼？」

金南宇把揹在後面的背包轉到前面來，從裡頭拿出了什麼。

田鼠嚇到眼珠子都要掉出來。

「TNT？炸彈嗎？」

「怎麼回事？」

「我要炸碎永遠之球！」

「什麼？」

兩人驚慌失措。

「哥！你這樣做後果會很嚴重的！」

「大家應該會殺死我們，可是，如果能夠再也不用永遠之球，那就值得！」

「那就是我的目標！」

「？」

金南宇咬緊牙關盯著永遠之球。

「永遠之球本來就是不必要的東西！對人類來說不是禮物，根本是災難！人類必須回到沒有永遠之球的過去，未來也不需要這個東西！」

孔治烈看著面露瘋狂神色的金南宇，急忙反對。

「那個！哥，如果我們長了年紀，也會需要永遠之球的！」

金南宇堅定地直視孔治烈。

「你這傢伙現在是在說什麼鬼話？什麼長了年紀的我們會需要永遠之球？你的意思是我們也要變成那些既得利益者嗎？」

「我不是這個意思！將來的事誰都無法預料，不是嗎？老實說，如果我們正值壯年……不會老不是很好嗎？」

「孔治烈！」

「啊！」

金南宇看了孔治烈一眼，大叫一聲，把炸彈裝在永遠之球上。

「快點！在爆炸之前離它遠一點！」

「啊啊！」

兩人跑到被綑綁的管理員那邊，不久後，金南宇也跟著過來。三人拉著管理員往逃生梯方向逃，爬樓梯往上。

「摀住耳朵！」

金南宇緊閉雙眼、打開炸彈開關。

砰！

爆炸聲從樓下傳出，整棟建築物陷入一團亂，金南宇迅速跑過去確認門邊的狀況。

「可以了！可以了！」

永遠之球被炸得稀爛。

金南宇轉身走到同伴身邊。

「可以了！這下永遠之球沒了，回屋頂吧，我們得逃出去呀！」

「好！」

三人急著要逃出去。

「你們這群笨蛋！」

也許是因為不停掙扎，貼在管理員嘴巴的膠帶一邊脫落，他和金南宇對視，拚命掙扎著。

「你們為什麼要幹這些沒用的蠢事！以為這樣就會長年紀了嗎？」

「你說什麼？」

金南宇因為管理員的話停下腳步，管理員大聲說道。

「幹！根本沒有永遠之球！才沒有！」

「什麼？」

三人陷入迷惘。

「你們相信政府說的話？什麼熱情招待外星人，所以外星人送了永遠之球當禮物？神經病！你們還不了解政府嗎？不知道政府有多爛嗎！沒錯，他們招待了外星人！超級熱情地招待了外星人——然後偷了他們的技術，還打算解剖他們，甚至關起來不讓他們逃跑！」

「啊？」

「生氣的外星人對人類下了詛咒，讓人類永遠無法成長，根本沒有永遠之球！這一切都只是為了掩蓋政府的錯誤才編造的！」

「那……那麼為什麼還要投票！」

「全都是捏造的啊你們這些笨蛋！人類沒有未來，只能這樣永遠自我消耗、自取滅亡！」

「……」

三人不禁愣住，一句話也說不出來，像個沒有未來的人。

沒錯！就和去年一樣，今年，永遠之球的投票結果兩方相差無幾！去年贊成的有百分之五十二，今年則是百分之五十一！

人類進化委員會的辦公室裡已人去樓空。

什麼也沒有，空盪盪。

孔博士的殭屍病毒

殭屍病毒終於完成了！我將用這個殭屍病毒來報復拋棄我的世界！

網路上的怪影片成功引發人們的好奇心，影片的主角就是孔博士。

孔博士幾年前發表過一個結果：只要阻止細胞老化，就可以長生不老，並在國家的全力支援之下展開了該項研究。

不過他過了好幾年都拿不出成果，最終失敗收場。研究一失敗，人們就開始批評嘲笑孔博士，最後國家中止了所有支援，甚至以詐欺罪控告他。於是孔博士開始全心全意地祈願。

「拜託！讓我再多研究一陣子！快成功了，只要再多研究一下，這次一定可以拿出成果的！」

但是他只得到批評和嘲笑。終於，在某一天，孔博士突然像人間蒸發一樣消失，現在又突然現身於網路影片中。

人們對他的影片感到好奇，但是不相信他所說的話——竟然說發明了殭屍病毒這種屁話？

不過，在孔博士預言的時間點，真的有事情發生了。

中小城市S市的最高大樓頂樓發生了大爆炸，如同孢子蔓延般，S市全籠罩在紅色的煙霧當中。

吸入紅色煙霧的S市市民渾身發抖、昏倒在地，痙攣發作，一瞬間，消息立刻遍布整個網路。

真的！真的像孔博士說那樣，S市爆發了殭屍病毒！

現在S市亂成一團！紅色孢子炸彈爆炸，人們全都昏倒、亂成一團！

人們倒下、痙攣發作的影片到處流傳，國家立刻下達了緊急警報。

前往S市的道路全數封鎖！各位國民請不要進入S市。

人們害怕不已，多虧了以前在電影中看過很多殭屍，所以非常了解殭屍有多麼可怕。

不久，媒體和政府封鎖S市做為執行方針，這個時候——

我的天啊！病毒蔓延到我們社區了！所有人眼睛都變成紅色的了！

咦？

出乎意料的是，住在S市的人出現在網路上。

他們告訴大家自己的城市發生爆炸後，所有人的眼睛全部變紅，同時還上傳照片和影片佐證。

人們面面相覷。

怎麼回事？殭屍怎麼會用網路？

S市爆發了某種病毒，市民的眼睛變紅。雖然短暫，但會昏倒並痙攣。不過除此之外沒有什麼改變，S市十分正常。

即使如此，人們對眼睛變紅還是感到不安。

S市的市民請絕對不要離開S市！

政府出動軍隊，管控S市的進出狀況。

「這是怎樣？我們又不是殭屍，為什麼要管控進出？」

「該死！我要出差欸，放我出去，我很忙的，是在說什麼鬼話！」

S市的居民紛紛表示反對，但是除了S市市民之外的所有人，都異口同聲地說：

「就算不知道是不是殭屍病毒，也應該觀察一段時間的，不是嗎？而且都還不知道會不會傳染——」

「沒錯！過一段時間要是你們突然變成殭屍怎麼辦？這是人類的生存問

題！」

「大家一定要慎重思考。你們看殭屍電影，大多是一開始沒處理好，事情才會鬧大。」

「乾脆……乾脆把S市整個燒掉如何？我擔心死了！」

S市市民雖然很鬱悶，但也只能被關在裡面。政府也是第一次遇到這種事件，無法決定該如何處理，於是先強制對S市的出入進行管制。

此時，從S市傳來了驚人的消息。

「S市醫院裡的病人全部康復了！」

「什麼？」

S市的所有病人、市民的身體都變得很健康。

「糖尿病、高血壓、癌症、白血病——甚至愛滋病！所有的病都消失了！」

「什麼？怎麼可能！」

沒有多久，S市的醫生就出來發表相關內容。

「我們無法知道這個病毒是否如孔博士所言，就是殭屍病毒。但是，感染了這個病毒的人，再生能力遠遠超過人類。」

S市的人擁有了就算死掉也不會真的「死掉」的殭屍再生能力。

隨著時間流逝，網路上開始出現令人驚訝的發言。

哇！我本來禿頭，但現在開始長頭髮了！

就算用刀片在皮膚輕輕劃一刀，傷口過一會兒就好了！真的很神奇。

太厲害了！我舅舅在工廠工作，因為事故，一根手指斷掉，現在正在慢慢地長出來！

連S市以外的人也感到驚訝，究竟是什麼殭屍病毒會帶來這種效果？

雖然染上了殭屍病毒，但是他們的生活方式和人類沒有差別。

他們不會像殭屍那樣突然發作、亂咬活生生的人。素食者還是吃素。

吃喝拉撒睡，工作加玩樂，生活和平時一樣，還能得到超級再生能力。

這樣一來，那些本來主張要徹底封鎖S市的人態度開始慢慢轉變。

「什麼嘛，被感染反而更好啊。」

「聽說孔博士研究長生不老時被趕出團隊，不會是研究成功了吧？」

「啊，羨慕本來禿頭的人，我聽說性能力也會變好？」

「會感染嗎？要是我過去會被感染嗎？」

人們漸漸開始羨慕S市的人，想要染上病毒的人更偷偷潛入S市。

「我癌症末期！拜託請咬我一下！」

「拜託請咬我的孩子一下！他得了白血病！」

幸好殭屍病毒的傳染性很高，近距離透過空氣就會傳染。

「啊！病真的都好了！」

「哇！被刀劃一下真的很快就癒合！」

聽到傳聞的人一個個湧入S市。過了一個月，被感染者沒有發生什麼問題，S市的封鎖令隨即變得有名無實。

趁著警戒轉弱，有些人溜出了S市。很快的，不只是S市，全國各地都開始發現了紅眼感染者。

最後，S市解除了封鎖令，人們可能以為安全了，於是孔博士的殭屍病毒瞬間傳遍全國各地。

從絕症患者為先，然後到一般人，全國人民都成了紅眼殭屍。

其他國家也認為安全無疑，便接受了殭屍病毒。不到三年時間，全世界人類都成了紅眼殭屍。

這就是所謂的殭屍革命，學者評價，這簡直可說是人類進化的歷史瞬間。

世上沒有病人，沒有殘障人士，雖然不是長生不老，但是就算發生意外，也不會那麼容易死掉。

不用擔心小傷口就已是一件很厲害的事了。說得再了不起一點：人類獲得了行動的自由，而這帶來的好處比想像中還要多很多。

不僅在功能性，藝術文化方面這點也成了蓬勃發展的關鍵。就電影業來說，那些非常厲害的動作演技都能成真——例如，把手指真的砍下來的表演就可以做到了。

人類對於成為紅眼殭屍一事感到滿足，因為能生活在人類歷史留名的進化時代，因而感到無比光榮。

此時，孔博士又再次現身。

現在萬事俱備，報仇的時刻來臨。

網路上再次出現孔博士的怪影片，看過的人都不禁緊張起來。報仇？人們憂心忡忡不知道會發生什麼事。

在人們的不安之中，時間流逝，終於來到孔博士預告的日期：S市再次發生了爆炸。

「欸？」

S市最高大樓的頂樓發生爆炸，如同孢子蔓延般，整個S市籠罩在白色的煙幕當中。

吸入煙霧的人們——

「啊，眼睛！眼睛恢復原狀了！」

「什麼？」

殭屍再次變成人類了。

人們嚇了一跳。眼睛恢復後，殭屍那厲害的再生能力也消失不見，加上⋯⋯

「我、我被感染了——我染上人類病毒了！」

人們嚇得要死，前所未有快速做出反應——

封鎖S市！封鎖所有進入S市的道路，管制所有進出！

擁有紅眼的人類徹底封鎖了S市，連一隻螞蟻都逃不出去。

S市的市民當然全力反抗。

「搞什麼鬼？快放我出去！我們又不是殭屍，為什麼要把人類關起來？」

「絕對不行！必須防止人類病毒擴散！根據國際條約，S市的緊急封鎖令已經通過！跑到路障之外的人格殺勿論。」

「搞什麼鬼？」

S市的市民覺得荒謬不已——為什麼要把我們關起來？我們是正常的人類啊！

不過S市外的人可是用沉重的態度討論S市的問題，紅眼個個充滿血絲。

「該怎麼處理S市的問題？要是那個人類病毒蔓延開該怎麼辦！」

「單純只靠封鎖效果有限，萬一哪天不小心有人穿越防線，情況將會一發不可收拾。」

「為了人類著想，不是應該要做出大膽的決定嗎？病毒必須要在初期就壓制才行。」

S市的人被當成真正的殭屍。當世上所有人都是紅色眼睛，少數的普通眼睛反而成了病毒感染者。

當全世界傾盡全力壓制、封鎖激烈反抗的S市——

——發生了第二次爆炸。

「該死！P市也爆發了人類病毒！他媽的！」

接二連三，發生了第三、第四、第五次爆炸。

「不行！在港口感染了人類病毒！」

「該死！連首都也發生了爆炸！這裡根本管制不了！」

「糟糕了！連我們的城市也淪陷了！」

世界各地都發生了白霧爆炸，轉眼間，人類病毒蔓延全球。

最後，大多數人類的眼睛都變回正常狀態。

正當人們心中無限空虛，孔博士痛快地笑了出來。

現在你們都了解我那時候的心情了吧？手上明明有著寶物，卻在瞬間遭人搶走，我會把研究資料都燒掉，現在，不管是誰都無法再變成殭屍了！

「……」

有人用高傲的態度表示：

「我們人類不是本來就是這樣嗎？現在只不過是恢復原狀，沒有什麼改變！」

「對、對，只是恢復原狀——」

「對，沒錯……」

即使如此，人們還是感到可惜，有著很大的失落感，想念著擁有強大再生能力、不知疲倦為何物的時期。如果可以重新得到那個能力，就算向孔博士下跪也在所不惜。

孔博士的報復終於成功了。

正在爬山的金南宇因為追逐著蝴蝶，無意中脫離了登山道路，突然腳下地面塌陷，他在一陣暈眩中失去了意識。

當他再次睜開眼睛，已經處於無法往上爬的峽谷底部縫隙。金南宇正想努力打起精神，耳邊卻傳來一個中年男人的聲音。

「清醒了嗎？你昏迷了整整一天。」

「呃……呃……」

金南宇環顧四周、試圖釐清狀況。他看見一位中年男人，以及坐在另一邊的三位女性。

一臉憔悴的中年男人感覺是個登山愛好者，他走近金南宇，跟他說明了狀況。

「我們全被困在這個峽谷中。你看了也知道，我們沒有辦法離開這個峽谷，也沒有辦法連絡救援隊。」

「什麼……」

金南宇覺得疼痛難當，不禁皺起眉頭。他起身環顧四周——果真如男人所言，大家被困在一個逃不出去的大坑裡。

男人嘆了一口氣，說道。

「這好像是上次地震之後產生的地貌，真是的，我們為何偏偏掉進這裡呢？」

金南宇不知所措，毫無真實感。但如果真如男人所言，現在的狀況可說十分危急。他急忙翻找口袋裡的手機，這時，男人指向某個角落。

「很可惜，你的手機在掉落時摔成了碎片，只有那個還算完整……」

金南宇從地上撿起壞掉的手機，男人又開口。

「我的手機在爬山時就已經沒電，那幾個女生則把行李放在車上。」

金南宇的視線落在遠處的三人身上。一個中年女性和她的兩個高中生女兒坐在一塊兒，露出有點警戒心的模樣。

金南宇皺著眉頭，再次環顧四周，發現了自己的背包，裡面的東西散落一地。

「這？」

跟著金南宇視線的男人有點不好意思地說。

「啊，對不起，我還以為會有吃的東西。說真的，我困在這裡已經第三天了，那些女生則是第二天。因為沒有食物可以吃，所以才……」

金南宇這才看清他們憔悴的模樣，恐懼化為現實，迎面襲來。

「你說你困在這裡三天了嗎？那麼救援……」

男人無奈地搖了搖頭。

「沒有人會經過，就算喊一整天也沒有用。唯一的希望就是知道我們失蹤的人派救援隊來這座山搜索，不然我們恐怕都會死在這裡。」

金南宇臉色發白。

「不可能！」

他快速繞了峽谷一圈，到處撫摸石壁，抬頭往上查看，尋找可以逃出去的方法。

男人一副早就試過的模樣，坐在那兒靜靜注視金南宇的行動。

「救命啊！救命啊！救命啊！」

金南宇彷彿快哭出來，不斷對著峽谷上方大喊大叫。

其他人也不阻止他，只是無力地坐在那裡看，心中抱著一線希望，想說也許金南宇的叫喊能夠帶來奇蹟。

✧ ✧

過了兩天，五個人坐在一起，模樣又更加憔悴。
中年男人一臉嚴肅地先開始說話。
「現在，該考慮最壞狀況了。」
「……」
其他人都很清楚男人要說什麼，臉色頓時變得陰沉。男人沉默了一下，說：
「為了活下來，總有一天我們必須吃人。」
「啊！」
「沒錯。」
大家呻吟一聲，男人也彷彿同樣痛苦，繼續說道。
「我們雖然會盡量忍耐，但是我的想法是：一週已經是極限，我們不可能只喝雨水活下去，不是嗎？我也很餓，如果一週之後救援還是沒來……我們就抽籤吧！反對這個意見的人請現在提出。」
「……」
沒有人開口。大家不想吃人，也不想成為被吃的對象，但是也不想死。說實話，現在眾人餓到連泥土都想挖來吃。

中年男人環顧每一個人後點了點頭。
「那我就當所有人都贊成吧。我們還是希望出現奇蹟，讓我們等到救援隊來，拜託一定要來！」
「……」
大家的想法都是一樣的。
那天晚上，睡在金南宇旁邊的中年男人悄悄對他說。
「你不用太擔心。」
「什麼意思？」
「因為，可能有很高的機率犧牲者會是那位母親。」
「什麼？怎麼會！？」
男人偷瞄一下睡在遠處的母女三人，接著說。
「就算女兒抽到，應該也會是母親犧牲。這樣一來母親抽中的機率為五分之三，不就比我們還要高了嗎？」
「啊……」
金南宇也認同，雖然用數學方面來看並不合理，但不知為何，男人的話讓他安心不少。

男人一臉嚴肅，猶豫不知該不該講，沒一會兒便小聲地說。

「吃人這種可怕的事，我真的希望不要發生。但是如果……萬一不得已發生，你應該挺身而出，對吧？」

「什麼？」

「我……我不敢殺人，對不起，我沒有勇氣，真的……」

「啊。」

「那，答應我一件事：如果你抽中了，由我動手殺你。但是……如果你沒抽中，就由你動手殺我吧。」

金南宇光是想像就頭皮發麻，但是沒有其他辦法。如果中年男人抽中，當然得由自己動手殺他，如果母女三人中有人抽中，金南宇，或是男人之中將有一個人要動手，如果男人最後也說他下不了手……

「我知道了。」

「呼……謝謝你。」

金南宇帶著苦澀的心情睡去，衷心期待出現奇蹟，明天就會獲救。

可是奇蹟沒有出現。

一個星期過去，五個人恍若昏倒在地，連呼吸聲都很微弱。這時，男人小聲地說了一句話。

「……抽籤吧！」

雖然音量非常微弱，但是所有人都聽到了。

男人坐起來，撕破自己的衣服，讓原本躺著的其他人聚集在一起。

他拿著破布，露出五條破布頭，開口說道。

「這當中，抽到的布最短的人，就是犧牲者。」

沒有人敢伸手去抽，令人窒息的沉默瀰漫空氣。金南宇開口說道。

「如果我抽中了……我最後有話想要說。我現在還說不出口，如果抽中了，到時我再說。」

大家一臉訝異，問他到底要說什麼，但是金南宇三緘其口，眾人又再次陷入沉默。最後是男人打破死寂，開口說道。

「快點抽吧！這是沒有辦法避免的事，誰都不能斥責我們。在這種處境中，我們已經盡可能維持人性了，沒有人使用暴力，還用最民主的方式抽出犧牲者，不是嗎？就算我們獲救，吃人的事被人知道，誰也不能斥責我們。」

男人所言甚是。中年女人先伸出手，抽了一條碎布頭，她抽到的長度約一個手掌大小，然後她看向男人。

「通過。」

「嗯。」

中年女人鬆了一口氣。下一個抽的是大女兒，她抽到了長布條，也一樣通過。還沒有抽的金南宇緊張到表情僵硬，他吐出一口氣。伸出手的同時，小女兒也伸出了手，兩人相視片刻，停下動作。

短暫沉默後，金南宇說道。

「妳要先抽嗎？」

小女兒點了點頭，金南宇抽出原本要拿的布給她。

「啊！」

「啊！不行——」

抽出來的布長度比手指還要短。

小女兒面色如土，中年女人和大女兒表情扭曲，發出呻吟。

男子攤開手掌，剩下的東西全部掉落在地，金南宇臉上有遺憾、有欣慰。她看著母女三人，什麼話也說不出來。

在充滿不安的狀態下沒人敢發出任何聲音。過了好一會兒，金南宇好不容易開口說了一句話。

「我會盡量不讓妳感到痛苦……」

「……」

金南宇看了一下男人的臉色，見他一臉僵硬，決定由自己出面。總得有人殺掉那個孩子，但這事不可能交給那對母女處理，如果男人不行動，就只剩下金南宇了。

小女兒趴在地上，金南宇在旁邊準備了石頭，其他人全背對著他。

看著女孩不停顫抖，金南宇心情複雜，可是又無法逃避。

最後，撿起石頭的金南宇小聲地說。

「對不起。」

他緊閉眼睛、舉起石頭。為了讓她一擊斃命，他咬緊牙關，使出僅剩的所有力量。

碰！

「啊……啊啊……」

金南宇瞪大雙眼癱倒在地。

中年男人站在金南宇背後，拿著沾滿血的石頭，深深吐出一口氣。

趴在地上顫抖的小女兒轉過頭對中年男人說——

「爸！」

「啊……啊啊……這該死的抽籤！」

中年男人一臉愧疚，看著倒下的金南宇。

金南宇掉落在峽谷縫隙的第一天。

母女三人正在翻金南宇的背包找吃的東西。

中年男人試圖搶救金南宇故障的手機，然後嘆了一口氣。不一會兒，男人的視線轉到昏迷的金南宇身上，陷入長考。

「老婆，孩子。」

「……」

「為了以防萬一……我必須和妳跟孩子們裝作不認識。」

「你這話是什麼意思？」

「我們不知道之後會發生什麼事，可是你們想想，如果那個人醒來，發現除了自己，剩下四人是一家人，要是遇到危機，那個人身處困境，不知道會做出什麼突發行動。所以那個人一醒來，我們就要裝作不認識，由我去和他打交道，這樣比較安全。」

「……」

「還有，如果發生最壞的情況，我們長期被困在這裡，也許有一天會需要抽籤。如果運氣好，那個人抽到就沒事；如果運氣不好，是我們抽到……」

中年男人冷靜地下定決心。

金南宇的未來，從一開始就注定了。

◇
◇

「沒事、沒事了！孩子！老婆！我們沒事了！」

這一家人最終活了下來。因為金南宇的犧牲，一週後全家獲救，活了下來。

被困在峽谷縫隙一個多月的一家人終於獲救，他們的故事流傳至全國——特別是吃人這種特殊狀況，讓這家人來到了媒體前面。

男人在接受訪問時總是這樣說：

那個年輕人中籤後犧牲了自己。多虧了那個年輕人，我們一家人才能獲救。對那個年輕人我們真的是又抱歉、又感謝，我們一輩子都不會忘記他的恩惠。

人們其實對金南宇是否真的抽中了籤心存懷疑，不過也沒辦法查明真相，只能相信那一家人的說法。

「……」

「……」

「……」

「……」

一家四口呆坐在客廳地上。

「應該是我犧牲的……按照抽籤結果應該是我犧牲才對！」

「……」

小女兒摀著臉大哭出聲。

全家人沒人說得出話，放在眼前的資料讓全家陷入沉默。

愛滋病檢測結果：陽性。

如果我抽中了……我最後有話想要說。我現在還說不出口，如果抽中了，到時我再說。

沒人知道被ＵＦＯ吸走的人會怎麼樣。

人類一昧專注尋找對抗ＵＦＯ的方法。

ＵＦＯ的襲擊和電影演的一模一樣：飛碟形狀的ＵＦＯ從天而降，把地上的人全部吸走。

不過，吸取的範圍幾乎有一整個足球場的大小。被吸走的人周圍形成了一個圓形薄膜，穿透了天花板，以極快的速度把人給帶走。從宇宙船登場、到人類被綁架，前後花不到一分鐘。宇宙船登場後，人類完全無力應對。

雖說，使用戰鬥機攻擊宇宙船有時會成功，但是完全沒有造成半點傷害。

在這種狀況之下，政府可以對國民說的話只有這些。

請暫時避開人多之處，這段時間受害地點大多位於人口密集處。

大家都很好奇外星人為什麼綁架人類？被綁架的人下場又是如何？他們還活著嗎？

「這裡究竟是哪裡？」

同時醒來的數百個人茫然環顧四周。

那個地方除了他們之外什麼也沒有。夜空中充滿璀璨的星星，四面八方看不見一個障礙物。很明顯，這裡不是地球。

然後，人們突然想起自己被外星人綁架，不禁感到恐懼，腦袋一片混亂，難以冷靜下來。

唯一安慰的是周遭看不到外星人。

困在同一個空間的人們團結起來，決定第二天天一亮就開始偵察周圍環境。

「希望你們在這裡等我們回來。」

偵察隊主要由健康的男性組成，這些人朝著太陽下山的方向走去。

他們想要找些什麼——什麼都好。畢竟什麼也沒有的話也很可怕，加上肚子又餓。

但是這裡很荒涼，常見的植物葉片什麼的一個也見不到。

「我快渴死了。」

「噢！晚上為什麼那麼冷？白天為什麼又那麼熱？」

因為這種環境，偵察隊不到一個小時就感到疲倦。當有人提出反正什麼都沒有，不如回去的建議，某人發出驚聲尖叫。

「那裡！那裡有東西！」

所有人轉過頭，望向那個人指的地方，雖然模糊，但他們是第一次在地平線一角看見了什麼，偵察隊加快了腳步。

不過，當隊伍越來越靠近，他們皺起了眉頭。

「喔？」

「欸欸？」

不會吧？不會吧？不會吧……

「那些人怎麼會在那裡？」

「……」

朝著太陽下山方向而去的偵察隊，又回到了太陽升起的地方。

某人無心的喃喃自語倒是精闢地說明了這個狀況。

「這裡還真像小王子的星球。」

確實如此，許許多多的大人被困在沒有玫瑰的小王子星球。

偵察隊的報告讓人感到絕望。

「沒有水也沒有食物——什麼都沒有嗎？」
「我們只能餓死在這裡嗎？」
為了以防萬一，大家分頭往南北方走，結果也是再次回到原點。
這時，炎熱、口渴和飢餓折磨著他們。
他們無奈地在原點一起坐下，擔心著未來。
此時，有個穿足球鞋的短髮青年脫掉鞋子，開始挖地。
身邊的人問他在做什麼，他這樣回答。
「因為太熱了，我打算挖出一個陰涼的地方。」
其他人覺得他在白費工夫，怎麼可能挖出陰涼的地方？
不過——
「喔喔喔？」
青年以極快的速度挖著地，快到讓人無法相信是用足球鞋挖的。
就連正在挖地的青年都感到驚訝。
「這麼硬的地為什麼那麼好挖？怎麼會……咦，有點溼潤耶？」
青年徒手滾著挖出來的碎石，無意中把碎石放入了口中。

只有青年一個人有動作，大家只是靜靜望著他把碎石放入口中。

「啊！」

青年睜大眼睛大叫。

「可以吃耶？」

「什麼？」

「咦？」

「喔？」

這個新知引起所有人的興趣，青年再次把一塊碎石放入口中，然後轉過頭對其他人說。

「石頭可以吃！雖然有點硬，但可以吃！而且吃完有止渴的感覺。」

「……」

有幾個人因為飢餓和口渴痛苦不堪，即使半信半疑，還是挖了地下的碎石往嘴裡塞。

「是真的！可以吃！」

「真的有止渴的感覺！」

「這是可以吃的星球！可以吃的星球！」

連續得到幾名先行者的保證後，放手嘗試的人急速增加。

這真是個有趣的場景：人們不分彼此、都在挖地果腹——而且不用競爭。反正這個星球上最多的就是地。

地雖然堅硬，卻很好挖掘，放入嘴裡咀嚼又變得柔軟。以地球人的常識很難理解這個星球到底是由什麼玩意兒構成的。

解飢止渴之後，大家覺得舒坦多了。畢竟被綁架到這裡之後就一直擔憂會餓死、或要食人等可怕前景。

至少現在不會馬上死掉，這讓人們感到安心不少，可以進行合乎邏輯的對話。

這可說是人們社會性重生的瞬間。

不久後，人們在這個星球上有了第二個重大發現。

「怎麼回事？地會吸收尿液耶？」

人們吃了地下挖出的石頭，生理現象便活躍起來，就地解決大小便。於是發現了尿液會被土地吸收的情況。

有個想像力豐富的人這樣說道。

「說不定這個星球本身就是一個活著的外星人？也許我們現在扮演的角色就像細菌也說不定……」

很有趣的假設——只要自己不是當事者。

吸收了大小便的土地質地變得柔軟，經過一段時間才會變硬。大家從沒見過具有這種特性的物質，只是認為這絕對不是單純的石頭。

然而，又不能因為有所顧忌而不吃地果腹。又餓又渴的時候還是得吃地上的石頭，才能解決各種生理需求。

就這樣過了幾天，這數百人形成了類似領導組織的集團。畢竟，不管淪落何處，試圖建立社會是現代人類的本能。

這裡沒有像預期那樣形成拳頭即權力的反烏托邦社會。不久之前這些人還過著正常的社會生活，就算有怒氣也不會隨意暴走。

而且即使沒有警察，彼此還是恪守道德守則。

為什麼能做到這個程度呢？應該是因為環境極為空曠的緣故。因為這個星球的每個人的視野都沒受到遮蔽，只要有人打算行使暴力，就必須承受數百雙眼睛的注目。

因此，領導組織也沒什麼事可做，只要安排外出調查者和守夜者的名單順序即可。

隨著時間的流逝，連做這些也毫無意義。因為就算搜遍了整個星球也是一無所獲，根本沒有外星人入侵。

真是個無事可做的星球啊。只是這樣吃著地上的石頭，解決大小便生理需求，無限重複，這就是生活的全部。

當他們竟然覺得無聊至極，領導組織想了一個點子。

「因為太陽的關係，白天很熱，晚上溫度驟降，所以很冷。那麼我們來蓋房子，如何？」

因為無事可做，所以也沒有反對的理由。而且還有更令人訝異的提議。

「這個星球沒有樹——什麼也沒有。但是眾所周知，地面吸收了我們的大小便時會變得柔軟，那我們把它當作水泥如何？乾掉後就會變硬，可以做些造型。」

「喔喔喔！」

人們因為這個煞有其事的想法而動搖了。雖然有點怪，但是地上的石頭都能拿來吃了，吸收了大小便乾掉後什麼味道也沒有，也看不出有大小便的跡象。

人們開始建造單一構造的房屋，所有人收集大小便，增添勞動力。也許是因為太無聊了吧，所以眾人熱情投入蓋房子。

當巨大的建築物完成，成就感、滿足感，各種正向積極的感覺讓人發出會心一笑。

「啊！真好！有個遮蔭的地方果然不同！」

「晚上睡覺時也不會冷！應該早一點蓋房子的。」

感到滿足的人們不想停下，馬上又計畫蓋下一棟建築物——反正在這裡也沒事可做。

起先以團體為中心蓋的巨大建築物隨著時間流逝，變成以個人為主建造的小房子。

如今，在這個一無所有的星球，發現了唯一能滿足占有欲的東西，這是理所當然的走向。

反正這座星球的地都是免費，蓋房子也算是黏土工藝水準，不會太過困難。而且最重要的是時間很多，親近的人房子就蓋在附近，新婚的人也會一起建造住的房子。

過了一段很長的時間，都市的模樣逐漸成形。

眾人計畫性地劃分道路和建築物，因為不能把道路上的石頭吃掉，所以食物必須去較遠的地方取得。就算這樣也沒有人覺得厭煩，反而因為有事可做而開開心心。

在這個地方，大小便是很重要的資源，可以用它來製作家具，或是改變房子的裝潢。

有家、有家人、有可做的事，在這裡生活其實和在地球上沒有太大差別。無聊的話，還可以自製保齡球、象棋或是圍棋等等娛樂。

都這樣了，索性這些人還選了市長，甚至也選了區代表——還被迫組成自衛隊。

這真的是十分罕見的事。當有了牆、有了家、有了別人看不見的空間，犯罪行為也隨之而來。

暴力、偷竊、性騷擾，甚至偷偷把別人蓋好的房子吃掉。

為什麼呢？在環境完全空曠的時候，在最初一無所有的時候，大家本來都是模範市民。

總而言之，人們過著非常有趣的生活，即使在一無所有的無聊星球，人們還是可以製造各種狀況，過著有趣的每一天。

甚至完全忘了自己為什麼會被綁架到這裡。

這是某個宇宙的某個和睦家庭。

有個小孩正仔細端詳著放在桌上的模型。

不知何時，父親突然靠近，撫摸著孩子的腦袋。看到專注地觀察著模型的孩子，覺得買這個流行的科學玩具給孩子實在值得。

「如何？繁殖得怎麼樣？女王是誰？」

「嗯！現在房子都蓋好，要開始繁殖了！但是這個種族好像沒有女王。」

「是嗎？如果沒有女王，繁殖速度會變慢嗎？可不能因為繁殖太慢就失去耐心，不要像上次那樣玩一玩就丟進垃圾桶啊。」

444頻道的洞穴人

你有看４４４頻道嗎？節目內容很怪耶！

４４４頻道的傳聞很快就在網路上傳開，不斷引起熱議——因為這真的是一個十分神祕的頻道。

這個頻道的訊號不知道是從哪個電視臺發送，透過固定在巨大洞穴拱頂一角的攝影機，直播洞穴內的一切。

最重要的是，在那個巨大的洞穴中，有五十多人困在裡面。

因為沒有聲音，所以無法得知他們有何苦衷，但是這些人全部處於恐慌狀態，拚了命想要逃離洞穴。可是洞穴牆上不管什麼地方都看不見出口。因此雖然聽不見他們的聲音，但是絕望、哭聲及憤怒，全部透過畫面傳達出來了。

起初，人們以為這個頻道的影片是某人的作品。

「這是什麼呀？有這種電影嗎？這些人的演技也太好了吧。」

「哪有沒聲音的電影？不會是連續劇或實驗紀錄片吧？不然一定是在做某種奇怪的宣傳行銷。」

不過如果只是這樣，４４４頻道所造成的話題就不會像現在這樣熱烈。

「到底怎麼回事？這東西什麼時候才要結束？」

「這是什麼鬼？影片怎麼會那麼長？有可能嗎？」

過了一天、兩天，一週——到現在！444頻道的影片都沒有停，持續即時直播洞穴裡的一切。

更神祕的是，因為無法得知節目訊號從何而來，所以也無法阻止訊號的傳送。

甚至，被困在洞穴裡的五十多人好似完全不知道攝影機的存在，一點也不在意。

這樣的神祕氛圍吸引了人們的注意，到最後，全世界都在議論444頻道。

「不會是有人綁架了他們、關在洞穴裡吧？」

「一定是宣傳行銷！在攝影機看不到的角落一定有人在幫他們！」

「那裡會不會是地獄啊？如果不是，是要怎麼解釋那個頻道之謎？」

人們討論著頻道中發生的各種情況，開始將被困者稱為「洞穴人」。

起先，所有洞穴人都很困惑，流露出難過和憤怒的情緒。隨著時間的流逝，他們陷入絕望、無助和飢餓之中。

他們的模樣比任何電影或是實境秀還要真實，影片令人目不轉睛、深陷其中。又過了一週，大家開始擔心他們了。

「這樣下去他們不會死吧？我都沒看到那個紅頭髮的人吃東西！」

「其他人也一樣沒吃！」

從這個時候開始，懷疑是宣傳手法或是做秀的言論幾乎消失，取而代之的是——

「我們必須立刻救他們出來！那個節目訊號到底是從哪裡傳送出來的？得查出他們被困在哪裡、救他們出來！」

許多人主張救出可憐的洞穴人，但是他們究竟被關在哪呢？節目訊號從何而來？不管怎樣都查不出端倪。

人們只能固定收看444頻道，連個具體的方法也沒有，只能口頭上窮擔心。

但是，收看節目的原因不只是擔心，444頻道中還發生了許多有趣情況。洞穴人的人種十分多元：有黃種人、黑人、白人。而就算同為黑人，有人是密林的原住民，有人則是城市來的。

有趣的是，隨著時間流逝，他們漸漸形成了團體：語言相通的團體、人種相近的團體、年齡相仿的團體，又或者是沒有任何理由、總之就是這麼形成的團體。

團體大概出現了五個，各自默默占據洞穴一方，在那裡睡覺休息過生活。

雖然只有五十幾個人，但是他們之間也會吵架，也會合作，甚至連愛和背叛都層出不窮。

洞穴人的真實呈現讓人看得津津有味。只要他們發生些什麼事，444頻道的新聞就會登上即時熱搜榜。

「草帽大叔要撒尿了！換禿頭大叔、萬歲男、白皮鞋大媽接尿喝了！」

「現在刺青白人和鬍鬚胖子正在打架！」

「紅裙小姐和藍背心年輕人單獨待在角落！」

「哇！中國眼鏡男太厲害！他正在把鏡片磨尖，應該是想拿來當作武器！」

人們隨心所欲為這五十幾個洞穴人取名字，還有人因為外貌佳或行動力強，在SNS上得到粉絲支持。

洞穴人掀起全世界熱潮，漸漸，有越來越多的人乾脆二十四小時固定收看444頻道。

與此同時，全世界的人一心一意期盼他們獲救。

「必須快點救他們出來！一定要不擇手段查出節目訊號的來源！他們被關在

哪裡？還有，一定要找出認識他們的人！」

專家紛紛出面預測他們的位置，還進行了國家級的搜索。

世界各地都為他們展開了連署活動，更有募捐款項。

洞穴人的個人資料也不停湧入，費盡千辛萬苦才確認到身分的洞穴人家人持續接受媒體採訪，得到不少鼓勵和聲援。

在這種情況下，洞穴人中出現了第一個死者。本來就沒什麼動靜、因而被暱稱為「屍體」的洞穴人，現在變成了真正的屍體。

「屍體真的死了！」

網路即時熱搜全是洞穴人屍體死亡的消息，許多人打開444頻道，確認他的死亡。動也不動的屍體和人群分開，棄置在角落。

但是，讓人們更堅定收看這個節目的大事件是：有位被稱為「酋長」的洞穴人靠近那個屍體——吃了屍體的耳垂。

「酋長食人了！」

這個令人震驚的消息讓全世界的人守在電視機前面、緊盯著444頻道。

人們透過電視畫面，看見有些洞穴人對酋長發火，有些人則靜觀其變。

酋長不理那些發怒的人，還砍下屍體的大腿肉吃了起來。這時，有人衝到酋長身邊，兩人扭打成一團。酋長不服輸，和他在地上打滾。當酋長像食人那樣咬了他一口，勝負立決。酋長再次走向屍體，開始食人。

不久，有一個西方人走近，和酋長一起吃，酋長沒有阻止他。幾個餓到發昏的人也走過去，開始食人。

有人一邊吃一邊流淚，有人鄙視食人者，對他們指指點點。有人努力對那些不想食人的人證明，食人是必要之惡。

全世界的人都捏了一把冷汗，目不轉睛地觀看了一切。雖然殘忍，卻無法移開視線。

總不能因為洞穴人食人就辱罵他們啊，為了在那個一無所有的地方活下來，食人是無可奈何的選擇。於是人們大聲疾呼要救出他們。

「應該要盡快救出那些可憐人！」

「我想讓他們吃熱肉湯……」

「政府到底在幹麼？連專家也查不出他們的位置嗎？」

不管全人類有多麼難過，還是無法查出洞穴在哪。

這時，大家的電視大多都固定在444頻道。

又過了幾天，那些不肯食人的人有一個死了，這個死者也被其他人吃掉。在出現第五個死者後，就沒人拒絕食人了。

——但是又發生其他事。洞穴人因為屍體而起了紛爭。

於是，一開始就分好的團體有了強弱之分。

人數最多的英語系團體獲得最多的屍體，人數第二多的是亞洲人團體，也獲得不少屍體。

在這爭奪屍體的過程中，洞穴人互相謾罵。為了爭奪還暴力相向。

人們的目光離不開444頻道，這裡每天每天不斷上演令人目不轉睛的事件。

「呀！現在黑人五槍手團體有人死了，英語系團體示威要他們交出屍體！感覺他們隨時會打起來！」

「天吶！太強了！黑人五槍手——不對，現在應該叫四槍手了！他們抬著屍體跟英語系團體投降了！現在亞洲人團體和英語系團體勢均力敵！」

「高齡團體和大雜燴團體從昨天開始就一起行動耶？看來這兩個團體會合併！」

「呀！性愛場面！紅帽子和藍背心在做愛！沒想到在那裡也可以做愛！」

「我的天啊！蟾蜍男殺死瘸子了！他趁洞穴人熟睡之際偷偷下了毒手！沒有人發現！」

「他們因為金髮美女在吵架！我不是說過嗎，那個金髮女根本就是女王蜂。」

「太厲害了！亞洲團體把剩下的人全吸收了！現在以人數來看，英語系團體完全不是對手！」

「呀！瘋了瘋了！黑人四槍手變節了！他們投誠到英語系團體了！」

「啊啊！不可以！眼鏡帥哥死了！」

「呀！開戰了！英語系團體和聯盟軍開戰了！洞穴人的第一次大戰！」

「休戰了！收屍了！英語系四具屍體，聯盟軍五具！」

「又開戰！洞穴人第二次大戰！」

「洞穴人……」

只要見面，人們就開始談論洞穴人的事。洞穴裡發生的所有大事紀全被記在網路上、到處流傳。電視臺甚至停播自己的節目，以特別報導的形式，只轉播洞穴人事件。

理所當然，此時人們仍在大聲疾呼：

「必須趕快救出剩下的人！該是集合全人類之力的時候了！我們可以救出他們的！」

然而不管人類再怎麼努力，一點蛛絲馬跡都找不到。即使人類希望洞穴人逃離洞穴，但是實在沒有任何電視節目像444頻道那麼有趣。

不管是吃飯、工作、念書，甚至是睡覺，人們隨時隨地收看444頻道，大家都成了444頻道的奴隸。

當然，這個節目不可能永遠播下去。因為最後所有洞穴人一定都會死去。

隨著時間流逝，剩下最後一個洞穴人時，人們非常珍惜他，全世界的人都為他加油，心中充滿惋惜，但是他的命運並不會有什麼不同。

「最後一個人自殺了！」

「什麼？不可以啊！」

全世界的視線都盯著444頻道不放。

最後一個人用鏡片磨成的尖銳物割腕自殺，大字形躺在洞穴中央。

「不可以啊！」

「洞穴人全滅了嗎？」

全世界的人看著最後一個洞穴人，心中湧上悲傷。不過這時，以為自己就要這樣死去的最後一個洞穴人坐了起來。

最後一個洞穴人用十分空洞的眼神環顧四周，轉過頭，毫釐不差地看著攝影機。

「？」

「？」

「？」

人們震驚不已，大家從未見過洞穴人展現出這種神情。

最後一個洞穴人使勁全力站起來，氣喘吁吁朝攝影機走去。全世界的人屏住呼吸看著他。

最後一個洞穴人和攝影機的距離之近，電視機的畫面都被他整個上半身填滿。他面無表情地看著鏡頭。

「……」

最後一個洞穴人的表情看起來很空洞。沒有怨恨、沒有委屈、沒有憤怒、沒有悲傷、沒有發狂——什麼都沒有，只是直勾勾地盯著畫面一角。

全世界的人目不轉睛，緊張地看著最後一人。

不久，呼出疲憊氣息的這個最後一人好像拿了什麼，慢慢靠近畫面。

接著，最後一人的手似乎轉動了某個東西，咔嚓！

砰！

444頻道變成黑畫面，同時間，全世界也停電了。

「！」

人們被這突如其來的發展嚇了一跳，停電沒多久電力又恢復。

444頻道只傳來滋滋作響的白噪音，人們怔住，困惑不已。

「……」

剛才這世界究竟發生了什麼事？這有什麼特殊意義？人們完全不得而知。

然而沒過多久，人們立刻——

「還有什麼有趣的節目可以看？」

「轉別臺吧。」

「現在是棒球季嗎？」

人們拋下了444頻道。

人們只有起先幾個月記得洞穴人，吵著說一定要找到他們的屍體。

不過，經過一年、兩年，大家不再談論444頻道，曾經為了他們辦的連署活動有何意義？為了他們募捐的款項用在哪裡？為了找他們建立的研究機構在做什麼？

沒人好奇，人們一點也不好奇。

你有看555頻道嗎？節目內容很怪耶！

有一個以邪教教主身分活了數十載的男人死去了。

他猜到自己應該會下地獄。沒下地獄反而怪。

但是，有一件事他沒猜到，那就是地獄官吏對他的禮遇。

「哎喲，您來了啊！遠道而來辛苦了！」

「歡迎光臨！我們正在等您！」

惡魔只穿著襪子就出來迎接。

對於一邊卑躬屈膝一邊歡迎自己的惡魔，教主感到驚慌失措，但是腦筋動得很快的他立刻問道。

「難道……壞事做得越多，在地獄的位階就越高嗎？」

不過惡魔揮了揮手。

「怎麼可能？來到地獄的人類是不分階級的。」

「那——」

「這是因為你是博克納勒教的教主啊！詳細說明還是邊走邊說吧！」

惡魔帶著男人通過的不是普通惡人走的門，而是另外一扇門。這，就是特殊禮遇。

男人即使跟在後面走也無法理解眼前狀況。博克納勒教只不過是自己隨便創立的一個邪教而已。為此他不知犯下多少罪過，恐怕是在地獄業火燃燒數十次都不足以贖罪的程度，竟然能獲得這種特殊禮遇。

男人來到的地方是和地獄毫不相襯的貴賓室。有個惡魔親自迎接男人，看起來像是這裡的負責人。透過他，男人的疑問終於得到解答。

「因為地獄這次的新政策，我們打算創立宗教。」

「宗教？」

「是的。因為杜石奎先生在這方面是專家，希望能給我們一些幫助。不知道您是否願意擔任教主一職？」

「啊！」

聽完原由的男人笑逐顏開。

下地獄後我不知道有多害怕，結果在地獄竟然可以得到和人間一樣的教主權力？我真是個幸運兒！

這種提議哪有理由拒絕呢？但是——

「——但是如果要創立新宗教，必須賦予相應的獎賞和未來展望才行。我不知道在陰間是否有這個可能。」

「嗯？」

「簡單來說，我在世時創立的宗教使用的是死後世界：只要相信並追隨我的宗教，死後也可以在我們教的神殿過著奢華的生活。但是這裡不就是地獄嗎？已經死掉的人該怎麼……說直白一點，連『你可以上天堂』都不能說了，不是嗎？」

「啊，如果是這樣，您不用太擔心，因為我們有投胎轉世。」

「投胎轉世？」

「是的。淪落至地獄的人類永遠承受著痛苦，他們最期待的就是重新轉世為人，所以，只要和他們約定轉世就行了。只要告訴他們相信並追隨我們的宗教，總有一天可以重新轉世為人，如此一來，不管是誰都會追隨教主的。」

「這還真是諷刺。我在世的時候創造了個陰間，讓人相信宗教，死掉之後竟然又再次騙人可以有轉世的機會，讓人相信宗教……」

男人立即動手，發揮自己在人間的經驗和訣竅，擬定入教階級和教規等等。

「新創立的宗教叫『轉世教』。如果相信轉世教之神，總有一天會苦盡甘來。我們要遵守的教規有……」

男人不負期待，因此惡魔一臉滿足地回去了。

因此，他能夠在各種設施一應俱全的住所舒服過活，只要想起來時路上看到的那些正在承受痛苦的人，他就覺得這裡和天堂沒有兩樣。

從第二天開始，他穿上類似教主的服裝，展開了地獄朝聖之行。

那些在硫磺火裡熔化的人、被斧頭分屍的人、被野獸撕咬的人……地獄景象確實可怕，但這一切都和男人無關。

他對著排隊等待受罰的人群開口。

「請相信轉世教！我們轉世教的神會幫大家終結痛苦。」

這麼說當然會引人側目。怎麼可能有人類在這裡什麼折磨都不用受，好端端地走來走去？

「我是來傳遞轉世教神明之言的教主，我叫杜石奎。我們轉世教之神決定不放棄在地獄受苦之人，如果你相信、追隨我們，就可以得到救贖。總有一天，你可以脫離此地、再次轉世為人。」

更讓人們驚訝的是惡魔的態度。那些凶惡的惡魔怎麼會對這個男人卑躬屈膝？光是這一點，就等同百分百認證了那位教主的權力和地位。

轉眼間，人們爭先恐後說要加入轉世教。這也是很理所當然。因為，對那些永遠在痛苦中掙扎的人來說，宗教是無法拒絕的誘惑。

「只要下跪發誓信仰神明就可以了，這麼一來，各位都會成為轉世教的信徒。」

男人經過的每個地方都擠滿下跪要成為教徒的人。轉世教瞬間傳遍地獄每個角落。

在地獄向轉世教神明祈禱的時間只有五分鐘，時間一到，大部分的人就會下跪，開始對神明祈禱。

男人開始傳教。

「不要把痛苦當作痛苦，請把它想成是在洗清自身罪行。拋開憎惡與怨恨，大膽承認罪行吧！達到心靈修行的瞬間，你將會得到神的救贖。」

「喔喔！我一定會遵行神的旨意！」

「轉世教萬歲！」

「教主萬歲！」

男人的地位與神無異。偶爾，當男人斥責惡魔，人們會欣喜若狂。

男人這才明白，人們因為宗教的力量更能忍受地獄生活。

「原來惡魔是因為這個理由利用我啊！為了統治得更順利，為了更方便施予痛苦！」

於是乎，男子欣然做好回應的準備。不管用什麼方式，永遠可以用宗教的名義把人們變成順從的羔羊。

「全部都接受，絕對不反抗。感謝神賞賜苦痛，把辱罵的精力拿來祈禱。感謝神給予試煉，全部都接受。」

在地獄，轉世教教主的話語已是絕對真理，人們樂於協助惡魔。最虔誠的人連受罰時都在微笑。

男人一邊嘲笑他們，一邊舒服地享受這個一點也不像地獄的豪華生活。

一年後，惡魔找上男人，提出請託。

「這次，我們有一個統治者要以轉世教神明的身分登場，拜託你了。」

「哎，這是當然。請相信我，哈哈哈。」

男人發下豪語，要惡魔相信他，然後上了臺。

「教主！教主啊！」

「教主，請看一下這裡！教主！」

「啊！教主來了！」

信徒流著眼淚迎接他。嚴肅揮手的男人大聲說道。

「高興點！各位的祈禱終於傳到神那裡了，神會親自降臨，大家請供奉神吧！」

「喔喔喔喔！」

「嗚啊啊啊！」

轉世教的信徒發出熱烈歡呼。

過了一會兒，他背後透出白光，被稱為神的存在登場了。男人也和大家一起虔誠祈禱。

但是——

你不是我的人。

神當著眾人的面將男人撕碎。

「啊啊啊啊！」

轉眼間，被撕碎的教主軀體散落在教徒面前。

在眾人受到衝擊、說不出話來的當下，神開口說話。

你們這些下地獄的惡人竟然還敢期望我的幫助，想得太美了吧！我根本不想救你們，你們將會永無止境痛苦下去。

「……」

神就此消失，人們呆坐在地，惡魔在旁邊咯咯偷笑。

人們在地獄之所以能忍受苦難，是因為還有希望。在地獄經歷過的痛苦中最痛苦的，莫過於唯一的希望遭到背叛。

極地探險家馬克斯為了雜誌連載，前往人跡罕至的窮鄉僻壤進行探險。

在最後一次探險的熱帶雨林中，馬克斯遇見了「他」——正咬著衰老猴子的脖子吸血的他。

他發現受到驚嚇的馬克斯，笑著走近。

「我已經有五十年沒見過人了。人血是什麼味道呢？」

蒼白皮膚配上鮮紅嘴唇，還齜出尖牙，讓人一下子就聯想到吸血鬼。

受驚的馬克斯倒退幾步，他則往前欺近，很有禮貌地說話。

「可以給我一點血嗎？不會對你造成任何傷害的。」

「什……什麼！」

「我很久沒吸過人血了，只是想品嘗一下，不會傷害到你的——甚至會有好處。」

他用手指了指後面的猴子，一看見猴子，馬克斯忍不住瞠目結舌：毛髮稀疏的老猴子竟然重新長出散發光澤的毛，一副活力充沛的模樣，輕盈地爬到樹上。

「你給我血，我給你年輕。」

馬克斯具有冒險精神，於是認為他說的應該是真的。

被他吸血後，自己年輕了三歲。馬克斯嘖嘖稱奇，於是向他提議。

「你要不要跟我走？」

「走去哪？我去了可以怎麼樣？」

「怎麼樣都可以！對了，你有名字嗎？我的名字叫馬克斯。」

「我叫傑克。」

不久，馬克斯和傑克成為朋友，帶他到城市生活。這起奇人異事還登上了雜誌。

那些不相信馬克斯所言的人只要見過傑克、親身體驗後，就不得不信。傳聞漸漸散開。而在吸血鬼傑克的故事鬧得沸沸揚揚之前，就有個男人來拜訪過馬克斯，那個人就是大富豪史考基。他在自我介紹後，單刀直入說明來意。

「把吸血鬼傑克賣給我。」

「啊？賣掉傑克？您在說什麼？傑克又不是我的財產，他不是可以賣的東西！」

「他為什麼不是你的財產？只要撿到野貓，就是牠的主人。」

「您別亂說！傑克不是野貓！」

「那他是人類嗎？他根本不是人類啊——反正他和我們不一樣。他又不是人，買賣他有什麼問題？」

「不行，怎麼可以這樣……」

「我給你一百億。」

這是馬克斯窮盡一生也賺不到的巨款，而眼前的史考基是真的給得起一百億的大人物。

最後，馬克斯以一百億賣掉了好友傑克。

史考基以迅雷不及掩耳的速度擬好合約、動用人脈、賄賂政府、得到官方的認證。這筆買賣甚至還支付了稅金。

史考基合法買下了吸血鬼傑克。

史考基立刻對自己購買的物件進行調查。

「你吸了我的血我會年輕幾歲？對同一個人可以重複吸血嗎？一天可以吸幾次？有次數限制嗎？」

「我為什麼要告訴你？」

「因為你是我花錢買的財產。」

「我不是你的財產，我和你一樣是擁有自由意志的個體。

「不對，你和我不同，你根本不是人類，只是我養的寵物、我的財產。」

雖然傑克不合作，但是對史考基來說不是什麼大問題，反正只要有時間和暴力，什麼問題都能解決。

沒過多久，史考基就得到了他想要的答案。

傑克最多可以讓被吸血者年輕三歲，過了三年可以再吸一次血。

而且，更令人滿意的是，吸血次數沒有限制，這個吸血鬼可算是半永久的商品。

很快的，史考基就開始和世界各國的富翁做生意。

「販賣年輕！一年十億！最多可以年輕三歲！」

這筆買賣非常成功。而且在效果經過證明後，就算價格提高為一年二十億，預約者還是絡繹不絕。

但是史考基的欲望不只這樣。

「為什麼一天只能吸三個人？」

「人類不是一天也只吃三餐嗎？吃得太飽就無法吸血。」

「啊，是嗎？可是一天吃四餐、五餐的也大有人在，所以看來不是能力的問題囉？明天開始一天給我吸十個人類的血。」

「不可能！」

「不可能也要可能。如果你做不到，我就強制抽光你的血，讓你肚子餓。」

傑克只能硬撐，但是一天十名真的太困難了。於是史考基抽了傑克的血，這讓傑克非常痛苦。

最後，傑克先提出建議。

「我一個人真的無法一天吸十個人的血，只有一個人不行。」

「一個人？」

「我可以用一天時間，讓一個人類變得和我一樣。」

史考基差一點點就感受到生理上的高潮。這簡直是他這輩子聽過最美好的話。

聽到那句話的瞬間，史考基腦海中冒出各種畫面。

世界各地都有連鎖店——**史考基的吸血鬼商店**！

傑克可以不用再吸血了。取而代之，他每天要把一位史考基提供的人類變成吸血鬼。

變成吸血鬼的人類會失去所有記憶，所以把他們當家畜養對史考基來說再簡單不過。

新吸血鬼在花一天接受傑克的能力使用教育後，就會被分配至各地。

隨著新吸血鬼日益增加，世界各地的史考基連鎖店也開始變多。就這樣過了十年，全世界各地都可以看見**史考基的吸血鬼商店**。

和早期不同，吸血的價格變低，吸血變得和整型手術一樣，獲得大眾廣泛接受。

理所當然，史考基成為世界首富。

當然也有人反對，但是每次史考基都這樣回答。

「請不要對我的產品指手指腳！他們只有外表像人，但內在全部都是吸血鬼！他們和我們人類不同！你們會覺得牛和豬很可憐嗎？」

反對者無力對抗世界首富史考基。而且，對於追求永遠年輕的大部分人來說，根本也沒有反對的意圖。

史考基的吸血鬼商店日益繁榮，又過了十年，全世界的人都成為史考基的吸血鬼商店愛用者。

此時，初代吸血鬼傑克對史考基說。

「現在，人類變成少數人口了。」

「你在說什麼？怎麼這麼突然？快點給我新的吸血鬼！」

史考基轉頭的瞬間，傑克的眼睛開始發出紅光。

由於初次看到這個景象，史考基嚇了一大跳，很快對著警衛大吼。

「快……快點抓住他！」

但是沒多久史考基就瞪大雙眼——警衛的眼睛和傑克一樣變紅、露出尖牙、皮膚轉白。警衛正在變成吸血鬼。

那些警衛立刻撲向史考基、制服了他。

「呃！你在幹什麼！搞什麼鬼啊！」

吸血鬼傑克低頭望著史考基說。

「只要被我們吸過血，就會成為我們的一員。現在地球的人類已經是少數了。」

史考基全身發抖。

「你說什麼？」

史考基的吸血鬼商店生意太好，使用者比不使用者還要多。

五十年後，一對父女手牽手走在路上。

「爸！我想吃好吃的東西！」

「這樣啊？好。」

這對父女進了身旁的一家商店。

他們走進的是全世界到處可見的連鎖店——**傑克的人類商店**。

地球首富傑克總是這麼說：

「請不要對我的商品指手指腳！他們只有外表像我們，但內在全部都是人！

他們和我們吸血鬼不同！你們會覺得牛和豬很可憐嗎？」

傳聞，出現了會說話的木偶皮諾丘。

當舉報和證據層出不窮，感興趣的電視臺去做了採訪。

這個傳聞來自住在深山的獨居老人，採訪團隊抵達後極為震驚。

「大家好啊，今天客人還真多！」

能夠獨立行動也能說話的木偶皮諾丘真的存在。

電視臺立刻進行驗證。木偶發出的聲音不是老人的腹語術，木偶也沒有什麼機械裝置。

他真的是有生命的木偶皮諾丘。

但是。

「那個……你要不要說個謊看看？」

「又來了！我可不是那個皮諾丘，你們覺得說謊鼻子會變長在現實中合理嗎？」

「啊，是這樣嗎，對不起。」

木偶的名字叫哲秀，這個名字是老人幫他取的。

不過，電視臺還是用皮諾丘當作標題放送，就傳播力道判斷，這是很合理的決定。

節目一播出，山中老人的皮諾丘揚名世界。

人們將之稱為真實存在的奇蹟，世上無人不關心。

老人逼不得已，只能下山。

電視臺速速準備直播舞臺，讓全世界能一窺皮諾丘的神祕樣貌。

在直播中，人們對老人提出許多問題。

「這究竟是怎麼一回事？」

老人搖了搖頭。

「我也不知道，某天早上起來就變成這樣了。」

「某天就突然變成這樣嗎？」

「是的，可能是神覺得我太孤單，所以送禮物給我。」

「神啊……」

對老人的回答感到失望的人不禁皺起眉頭。然而，如果答案不是這個，恐怕無法解釋這個狀況。

在主持人的引導下，老人說出了他的故事。

原來老人十年前因為事故失去家人，所以遠離俗世，來到山中獨居。感到孤獨時就砍樹雕刻木偶，把木偶當成陪伴與談天的朋友。但是，某天早上起來，他發現木偶有了生命，老人認為是因為他虔誠的信仰，神才將木偶送給他當禮物。

雖然無法令人信服，但是老人不像在說謊。

最後，主持人直接詢問皮諾丘。

「那麼你是怎麼想的？」

坐在椅子上的皮諾丘像個少年，搖了搖木頭手腳，用孩子氣的語調回答。

「要從何說起呢？從我還是樹木的時候開始說嗎？」

「請從你有記憶的時候開始說。」

「大約是九年前吧，爺爺誠心誠意雕刻了我，大概因為這是他第一次雕刻，所以我才會長得那麼醜。」

「啊，不會的，在我看來很可愛啊？」

「哎，你說謊，嘿嘿。總而言之，爺爺對我很好，很珍惜我。獨自對我說了很多話。」

「這樣嗎。」

「然後大約是五年前的某個半夜，實現爺爺願望的神出現了！」

「神？」

「對！爺爺睡著了，所以不記得，但是那一定就是神！神實現了爺爺的願望，從那天開始，我就可以行動了，而且爺爺也不用再自言自語！哈哈。」

「……」

最後的結論是神。

因為這個節目，人類相信了神的存在。因為如果不是這樣，根本無法說明皮諾丘的情況。

當然也有許多科學家和研究團隊跑來找皮諾丘，但是——

「啊！請不要這樣摸我，會痛！我不喜歡痛！而且你們應該知道木頭怕火吧？小心點啊！」

「對不起，我們會輕一點。」

因此，研究團隊不能對行為舉止像個小孩的皮諾丘做什麼精密解剖，或進行殘酷的實驗。

此外，皮諾丘因為節目有了龐大的粉絲，所以更是萬萬不可。

結果就是怎麼也無法透過科學查證皮諾丘的真面目，皮諾丘於是成了受眾人愛戴的神蹟。

之後，皮諾丘和老人真的發生了很多事。

他們上了無數電視節目。進行世界巡迴時催生了非常厲害的粉絲文化。國家緊急給了皮諾丘國籍，徹底保障他的安全。同時間，所有和木偶角色相關的商品生產事業、財團設立、慈善活動、電影演出等，全部由國家出面支援和管理。

這是再自然不過的事。因為皮諾丘現在是全世界最有影響力的存在。而且老人信仰的宗教在全世界大舉復興，因為皮諾丘的存在本身就是神的證明。

與此同時，又發生了一個現象，就是那些夢想著能有第二個皮諾丘誕生的人。這些人削木頭雕刻木偶，渴望發生奇蹟。有人因為孤單寂寞、有人因為想要出名、有人對神有著景仰。這些人憑著各自的理由，夢想雕刻出第二個皮諾丘。

但是都沒有人成功。

因此皮諾丘特別珍貴，不管是誰，都想利用皮諾丘的影響力。

最明顯的就是國家和宗教之間的角力。

宗教勢力以神為藉口，希望將皮諾丘交給教團管理，但是國家勢力則以國籍為藉口，推託迴避。

不過隨著時間流逝，宗教的影響力日漸強大，國家認為光是賦予國籍略顯不足，於是建議老人領養皮諾丘當養子。

老人欣然接受。他把皮諾丘用養子的名義登記在自己的戶籍下。多虧這樣，皮諾丘可以到學校上課了。

國家的戰略非常正確。

全世界的粉絲都希望皮諾丘能像個平凡的孩子，幸福快樂，不希望他變成宗教的象徵，落入教團之手。

最後，教團放棄了和國家之間的角力，決定正式對皮諾丘賦予神之使者的資格，並邀請他拜訪教團。

國家沒有阻止這個邀請。

在所有人的關注下，皮諾丘拜訪了教團。

不只是宗教人士，這件事對全世界來說如同慶典節日。

教團授獎儀式透過即時直播，將畫面傳送至全世界。

但是這時，發生了一件驚人的事。

你們的信仰傳達到天上了。

真正的神從天而降。

「哇哇啊！」

「喔喔喔！」

真正的神降臨時，所有人不分你我，既驚訝又興奮。

皮諾丘指著神，開朗地說。

「哇！就是那時候出現的神！各位，我說的是真的吧？沒說謊！嘿嘿！」

神露出仁慈的微笑，對皮諾丘這樣說。

我許你一個願望。什麼願望都可以。

「哇！真的嗎？什麼願望都可以嗎？萬歲！」

「喔喔喔！」

「哇啊啊！」

全世界的人因為神的發言而歡聲雷動。

皮諾丘的願望應該再明顯不過。

攝影機很會看風向，焦點輪流放在皮諾丘和老人的臉上。老人在不知不覺中流下了激動的眼淚。

皮諾丘實現願望的日子終於來臨，全世界的人感動不已，有些人甚至和老人一樣，已經潸然淚下。

高興到蹦蹦跳跳的皮諾丘露出一臉幸福的表情，對神許下願望。

「我想要成為一棵健康的松樹！」

「……」

皮諾丘本來就是樹，想要像從前那樣再次變成健康的樹木，是再理所當然不過的事。

幸福的皮諾丘再次變成了松樹。

因為這個事件受到衝擊的人類為了皮諾丘，相互承諾將同心協力保護大自然——

而樹木長得又快又高，彷彿知道人類在說謊一樣。

推薦文　一位有趣作家的誕生

金旼燮

初次閱讀金東植作家的作品是在二〇一六年的某個春天，他以「夏天走了」這個有趣的筆名在網路社群平臺「今日幽默」的恐怖板上發表文章，第一篇作品應該是〈普勒斯瑪、普勒斯瑪那斯〉。他的文章有一種很奇妙的魅力，然而，我只是覺得自己「讀了一篇很有趣的故事」，很快就把一切忘記。就這樣過了幾天，我又在同一個看板看見一個更有趣的故事，讀完，我看了一下作者，又是「夏天走了」。

誰都可以寫出令人感嘆的故事，這樣特別的故事靠的可能是運氣、實力，不然就是偶然加上必然，然後在某個瞬間，故事莫名其妙就誕生。但是，如果這樣的故事從一個變成十個，再從十個變成二十個，而且在過程中故事越寫越好，那麼情況就完全不同了。金東植作家不斷地在寫故事。一般來說，兩、三天就可完成一個，有時早上上傳一個故事，晚上又上傳一個故事。當我讀到他第十五個短篇小說〈灰色人類〉，我突然意識到一件事：一位有趣的作家誕生了。

不只是我，許多「今日幽默」社群的讀者都迷上了金東植作家的文字。他的文字如同 Best of the Best 的票房保證——如果在「今日幽默」看板上得到一百個讚，文章就會從一般看板移動到 Best of the Best 看板（以下簡稱ＢＯＢ看板）。所有作家都希望能上ＢＯＢ看板，但這並不是一件容易的事。不過，金東植作家的作品通常在上傳不到幾個小時就會移動至ＢＯＢ看板。看完他的作品，不管是誰都很難不按讚，他的作品就是有這種魅力。不知不覺，他成為社群中的「知名」作家，得到社群讀者喜愛。他就這樣寫著寫著，創作出了五十幾個故事，又寫著寫著，完成了超過一百個故事。究竟他能夠寫到何種程度？從某個時候，我開始對他產生了敬畏之心。

二〇一六年五月十三日上傳首部作品的金東植作家，在一年六個月的期間，共完成三百多個短篇小說。就算一個故事以三十張稿紙計算，這些故事加起來就有一萬張稿紙的量。趙廷來作家的大河小說《太白山脈》（全十冊）有一萬六千五百張的稿紙。（趙廷來作家從一九八三年到一九八九年以六年時間連載了《太白山脈》。）當然，我們很難單純地比較這兩種作品和兩位作家，但我想要強調的是，用物理層面來看，金東植作家的產量著實讓人無法理解，進而讓我起了疑心：該不會是幾個人輪流在寫吧？會不會是從哪裡翻譯、抄來的呢？然而，他的文章具有消除這種疑慮的力量。更重要的是，你會很自然地感受到這是「前所未見的文字」。他的用字遣詞、愛用的句子結構，和原來我們熟悉的規則相距甚遠。他的文字謙遜且流暢，該多花點心思寫的部分卻僅用一句話作結，引導讀者注意他們沒注意到的地方，而且最後總會來個出人意料的反轉。其實閱讀科幻或是驚悚類型的小說，我們往往懷著忐忑的心情等待作家安排的結局，希望劇情超出預期。隨著頁數逐漸減少，讀者也會跟著激動起來。金東植作家的故事每次結尾都不只是超乎預期，而是超乎預期之上。而這樣的故事他寫了超過三百多個。

前所未有的作家

二〇一七年秋天，我以訪問為由和他見了一面。那時我在某個雜誌連載「金旼燮遇見的年輕作家」專欄，和我喜歡的二、三十歲的年輕作家見面，與他們天南地北閒聊，再寫成專欄文章。和金東植作家初次見面的地點是在離他家很近的建國大學站附近。初次見面，我就被他純真的模樣嚇了一跳。我提議去他常去的咖啡廳，他卻說他不常去那種地方，也就是說，他幾乎沒有帶著筆電外出，到咖啡廳一邊喝咖啡一邊寫作的經驗。

我有很多問題想要問，所以突如其來就說了個「你有正式學過寫作嗎？」這個提問多少有點不太禮貌。但根據答案可以繼續延伸出「您的恩師是誰？哪個學校畢業的？大學專攻國文系或是文學創作系呢？有為進入文壇做準備嗎？有喜歡的作家嗎？」等等。金東植作家在一個小時的訪問裡非常坦率地回答我所有問題，他說，「啊，我……沒有學過寫作，也沒有上過大學，高中畢業後在工廠工作已經超過十年了。」而我下意識地反問，「是這樣嗎？」我的反應其實相當無禮。金東植作家接著說，「我這輩子讀過的書不超過十本，而且應該都是教科書。我想要寫作，但是因為沒有學過，於是上 Naver 網站搜尋了『寫作的方法』。看了一下，他們說寫作一定要有起承轉合，不要使用太多連接詞，要寫得簡單明瞭，等等。然後我就按照所學，開始寫故事上傳網路。」

我聽完他的回答，因為太驚訝、太慌張，不知道應該露出什麼表情，（我當時的表情大概只有金東植作家知道了！）原來！所以我才會覺得他的作品有種前所未見的感受。金東植作家沒有學過寫作，別說是國文系或文學創作系，他根本連大學都沒上。也許就是因為這樣，他才可以那麼自由地把未受汙染的世界完整展現出來。當然，這種邏輯並不適用於每個人，也不應該如此。像他這樣無視既有的定律、誕生於新時代的作家，也許稱為「天才」也不為過，而這個人，就這樣害羞地坐在我面前。

回想金東植作家早期的作品，其中有很多錯字。在感嘆作品的同時，有時會突然發現錯別字。讀者也常常會用留言告訴作家，「作家大大，你這裡的字好像打錯了喔？」這時，金東植作家會回他不知道那是錯字，可是下次會改進。如果我沒記錯，他從來不會錯兩次以上。隨著時間推移，他被讀者指正錯字的次數已經大幅減少，現在幾乎找不到錯字了。我訪問他時，他這樣說，「錯字很多吧！

我會先進行拼字檢查再上傳，但是還是有很多錯，好丟臉啊！」他竟然是使用拼字檢查功能的作家，我忍不住好奇我當時露出了什麼表情，搞不好嘴張得比平時還要大，尷尬地笑著也說不定。

讀者造就的作家

金東植作家其實可以說是「讀者（特定社群網站）成就的作家」。雖說哪個作家不是讀者成就的？但是他的情況不太一樣，讀者有著十分巨大的影響。他只是告訴讀者自己的書將會出版單行本，底下就一堆留言表示：「真的等了好久！我一定會買——還會買來送人。」對於喜愛金東植作家文字的「今日幽默」讀者來說，一定非常自豪——「他是我們社群成就的作家」。「夏天走了」是「今日幽默」網路看板上極為珍貴的作家，從他的第一部作品開始，幾乎所有作品都上傳到這裡。就我所知，除了 Naver 網路小說有幾個之前上傳過的作品，他幾乎沒有重複的。「今日幽默」的讀者在這一年多來溫柔地看著他和他的文字成長，更準確地說，應該是共同參與了他的成長。金東植作家會持續不斷地寫作，推薦和留言是他最大的動力。在訪談中，金東植作家表示，他是因為喜歡看「留言」才持續寫作，所以要寫下一篇才能再看到留言，因此得快點寫才能看到，他還稱自已是「留言中毒者」。我還是第一次聽到這麼純真和可愛的創作動機。

大部分的留言內容都是以加油和讀後感為主，但是也有相當多關於作品的建議，從指正錯字開始，舉凡登場人物的心理描寫，再到整個敘述的合理性問題。更有趣的是金東植作家對於留言的應對方式。他從來沒有回答「好像不是這樣」，他總是說「啊，這樣好像更好」，或是「那個部分我一直被指正，我有在注意，但還是沒調整好，真對不起」。他都已經是社群網站中最受歡迎的作家了，大可以陶醉於自己的主張，但是他還是一直保有這種謙虛的態度。訪談中，他提到「很多留言說我的故事缺乏合理性，我應該要好好反省」。因此我告訴他，「有很多作家看了讀者的批評或建議，總會想『你文章寫得比我還爛……』您這樣虛心接受那些留言，這已經很厲害了。」他聽完後笑著回答，「別開玩笑了，世上哪有這種作家。」

金東植作家的謙虛，使得讀者持續干預作品。有些人可能會不高興，但是他對此總是心存感謝，「如果提供建議的留言底下有許多反對意見，我會覺得抱歉。」其實讀者們的反應比作家還大，會認為「那些留言根本不尊重作家嘛」。金東植作家的美德和這樣的「謙虛」，並非僅止於單純的自謙，或是待人處事的態度，而是文字總是忠實地對留言做出回應，點點滴滴慢慢進步，若比較他早期和現在的作品，會發現他變得很不一樣。他清楚地知道自己的成長和變化從何而來，並說，「我從留言中學了不少」。他明確表示自己的作品受到了讀者的影響。一路看著他成長的讀者也一定感受到他的變化，也知道這變化是來自於作家和讀者之間的直接溝通，也因此特別喜愛金東植作家。

勞工作家

金東植作家住在建國大學站附近，他說他在聖水洞已經住十年了。聖水洞現在成為有名的咖啡店街，但其實在更多人的記憶裡，這裡曾經工廠林立。金東植作家高中畢業後就從家鄉來到聖水洞，在一間鑄鐵廠工作。我問他在那間工廠做什麼，他說，「會有一個一直轉的盤子，中間有一個洞。」接著便用手在桌上畫出盤子和洞，再開始說他自己的故事。我會想像他拿著一個裝著燒紅鑄鐵的杓子站在我面前。他是一名作家，現實生活中也是一個勞工。

金東植作家工作資歷十年，寫作資歷一年半，他說那超過三百篇的作品都是在工作時自然而然想到。他在鑄鐵工廠製作飾品、拉鍊、鈕釦等物品，如果問他鑄鐵工廠的工作是不是要老手才做得來，他會笑著說，那不需要什麼特別的技術，但是因為鑄鐵的溫度超過五百度，所以一開始手抖得很厲害。這十年來，他每天從早到晚都在滾燙的鑄鐵前勞動，這一定是段非常孤獨的時光。他說他一邊機械性地把燒燙的鐵放入模具，一邊持續創作故事。也許，他是把他的孤獨、敏感、無趣等各種複雜的情感，賦予給工廠之外的另一個自我。更重要的是，他把勞工的情感和滾燙的鑄鐵相熔成形，完成那三百多個故事。金東植作家，說他的筆電桌面還有一百多個未完成的故事，那就是那十年歲月所成就，從他的心靈深處，釋放出前所未見「真正的故事」。

他的文字將「勞動感」發揮得淋漓盡致，在〈尋找零件的妖怪〉[3]一篇中更是如此。這個故事的概要如下：妖怪突然出現在人類面前，說有臺機器需要人類當零件，要綁架條件符合的人類走。全人類看見被選中的那個人，覺得他怎麼會那麼倒楣？真心對他產生歉意。但是大家原本以為那個人永遠無法回來——結果他卻回來了，然後說，「我下班了。」一並給大家看他領到做為薪水的金子。結果人們不再憐憫他，反而開始羨慕他，爭先恐後想成為妖怪的零件。特別的是，成為零件的人類在工作時「就像在母親的羊水中那樣舒適」，週末還不用上班。結果，成為妖怪的零件反而比在地球工作更好。在勞動條件面前，這個故事讓大家反思到底誰是人類？誰是妖怪？金東植作家正是在鑄鐵花火面前創作出這樣的故事。也許，現在在閱讀這本書的你，身上穿的衣服就有他製作的拉鍊或鈕釦也說不定。鑄鐵廠十年的歲月，他經手過的飾品數量應該比一萬張稿紙還多。在鑄鐵廠熾熱的火焰之中，誕生了我們這一時代的新作家和新故事。

3 收錄於第二本短篇集《世上最弱的妖怪》（세상에서 가장 약한 요괴）。

金東植小說的推薦

我從來沒有做過單行本的企劃或是出版編輯工作，這樣的我卻向出版社推薦金東植作家，還參與了小說的企劃，讓我覺得十分不好意思。我光是處理自己的事就費力不已，但是身為熱愛他文字的讀者，總是想像，等到他小說出版的那一天，我能與有榮焉向大家介紹金東植作家。身為讀者，這也許是我對一位作家能做出的最大貢獻。

我懷抱著想收藏金東植作家書籍的心情，為了小說集的出版一起走到了這裡。這本書不論何時都會放在我書櫃中最顯眼的位置。每當我想像著與眾不同的世界——特別是我需要故事的時候——我就會把這本書拿出來，慢慢細讀。

金旼燮

一九八三年出生於首爾弘大，大學本來是念現代小說，後來以「三〇九洞一二〇一號」的筆名寫了《我是地方大學的鐘點教師》一書。離開大學出社會後，以本名「金旼燮」寫了《代理社會》、《訓的時代》。

金旼燮既不是大學教授也不是學生，是處於中間的邊緣人，他認為在中心和周圍邊界來來去去的人一定身懷肉眼可見的裂痕。身為作家，又是邊緣人，他想保持這樣的觀點，對讀者拋出針對個人和社會之間提出的各種疑問。

他在望遠洞寫文章或企劃書籍出版，勞動度日。經營過一人出版社，現為Startup Book Crew 的代表。

著作有《進擊的自學學者們》（合著）、《告白、手勢、聯繫》、《說謊的社會》（合著）、《是什麼讓我們成為人？》（合著）、《總而言之，望遠洞》等，企劃出版的書籍有金東植小說集《灰色人類》、《從陰間回來的男人》和《請一定要裝不知道》等。

臺灣版推薦文

把故事寫好才是最要緊的事

文字工作者　臥斧

初讀金東植小說集《灰色人類》的讀者，會有相當奇妙的感受。

這種奇妙感受主要由兩個部分組成。第一個部分是書中收錄的短篇故事讀起來似乎都很「簡單」——文字平實、敘述直接，毫不花巧地推進情節，好像沒耗什麼力氣就把故事順順當當地說完了。不過，稍加思索，閱讀經驗比較豐富、對文字技法比較講究的讀者，或許會很快地將「簡單」改成「樸素」，如此改變牽涉到奇妙感受的第二個部分：這些短篇十分「好看」。要寫出一個「好看」的故事絕不「簡單」，金東植的作品讀起來感覺「簡單」，只是因為他的用字和敘事比較「樸素」。

許多故事萌發的原點，可能只是個「what if」，也就是「假如」。

「假如」有一群人遇難被困在荒島上，在等待救援時會發生什麼事？「假如」是少少的幾個人被困在山谷裡又會如何？「假如」有一種處理屍體的方法可以讓死者復活，那會發生什麼事？「假如」全人類都停止老化又會如何？諸如此類的「假如」有的可以變成角色設定，有的可以變成場景安排，有的可以發展出情節——有了角色、場景和情節，讀者眼中看起來就會有一篇像是「故事」的東西；但對作者來說，要寫出一個「好看」的故事，光有這三個元素還不夠。作者還必須掌握「前提」和「主題」。

金東植作品好看的原因之一，在於他對「前提」和「主題」的精準掌握。

「前提」比較單純一點，對讀者而言，它是一個吸引讀者沉浸在情節裡的鉤子，對作者而言，它是一個指向結局的路標。有些故事的前提很明顯，讀者知道角色解決某個事件時故事就會結束，不過就算前提不明顯，作者還是可以透過角色設定或情節發展來讓讀者持續待在故事裡頭。只是倘若作者沒能掌握前提，就容易控制不好故事的走向，這問題在創作篇幅較長、尤其是連載形式的故事時會變得很麻煩，作者可能寫著寫著，整個故事的主軸就偏掉了，前面安排的伏筆沒能好好收攏，故事讀來就感覺鬆散。

「主題」相對複雜一點。

它可能是某個常見的名詞，也可能是某種不容易說明的概念，許多故事的主題可能幾個字就可以講完，但它值得觀察的切點和值得討論的面向很多，多到必須藉由許多角色發生的許多情節才能完整描述。也就是說，「主題」是整個故事的真正核心，主要角色的設定、情節的轉折，甚至場景的設計，都是從主題發展出來、為了呈現主題的不同切面而生成的。讀者不見得能明確地感知主題，但主題能讓故事緊緻完整，讓讀者覺得這個故事與其他故事不同，也讓某些仔細的讀者在讀完之後產生與主題相關的思索。

金東植作品好看的另一個原因，在於他創作的篇幅。

小說常被分為長篇、中篇、短篇等等，分類的標準看起來是故事所占的篇幅，其實是故事所耗的字數——而且用來當成分類標準的字數本身沒什麼統一標準，倘若是比賽、徵稿或邀稿，那麼就是主辦單位說了算，出版的話就是出版社或作者說了算。小說篇幅越短，該篇小說所使用的文字當中，就可能有越大的比例分配給情節描述。

這情況並不是創作的通則，只是創作時非常容易出現。

因為倘若作者將過多字數分配給角色或場景，就較難用剩下的字數完整描述情節；反過來說，角色的個性和場景的樣貌，其實可以在情節裡一併呈現——角色的對白與舉止就能展現個性，而從行動的狀況就能展現場景。況且，許多作者及讀者會希望小說的篇幅雖短，但仍然能有翻轉已知、具有爆發力的驚喜結局，想要達成這個目的，用在情節的字數就可能增加。

此外，篇幅越長，作者使用文字的技巧就越重要。

這並不是說篇幅較短的小說文字技巧就不重要——世界各國的小說當中，文字技巧精湛的短篇和極短篇多得不勝枚舉。只是篇幅一長，想要掌控行進節奏、讓讀者持續追讀，需要用上的技巧就越多，單是照時序交代情節會極易讓故事變得無趣；當然，字數多了，就比較有餘裕去多做變化，除了情節鋪陳之外，也讓角色更立體、場景更詳細。或者說，文字技巧越熟練的作者，越有能力在有限的字數裡展露技法；倘若作者不屬於此類，那麼在字數有限的情況下，專注地敘述情節，才是把故事講好的上策。

金東植的小說篇幅都短，算是短篇或極短篇。

是故，使用樸素文字殷實地推進情節，在金東植的作品裡並不會造成什麼問題，反倒可能讓讀者直接了當地聚焦在情節當中；加上金東植用來開展故事的「假如」大多有趣，對於主題也有極佳掌握，使得故事情節發展能夠合理但令人驚奇，拉著讀者大步走向有力的結局。

有人認為，小說的「文學」層次高低，取決於「故事」之外的技法運用。

但事實上，小說的本質是「故事」，運用技法的目的在於服務故事，讓故事在閱讀過程中一方面清晰地傳遞給讀者，一方面顯得更加精采。光有華麗的文字技法、缺乏好故事，不會寫出一篇好看的小說，就像某些填塞太多聲光特效但內裡貧弱無聊的商業電影；得要先有個好故事，然後運用適當的文字技法，才會是篇好看的小說。這樣的小說並不會比較不「文學」，因為「文學」的重點從來不在炫技，而在如何展現故事所包裹的主題。

把故事寫好才是最要緊的事。金東植就是這麼做的。

國家圖書館出版品預行編目 (CIP) 資料

灰色人類：金東植短篇小說集／金東植著；
林雯梅譯 . -- 初版 . -- 臺北市：小異出版：
大塊文化出版股份有限公司發行 , 2022.08
面；　公分 . --（SM；34）
譯自：회색 인간
ISBN 978-626-96171-1-1（平裝）

862.57　　111009102

Trans+

Trans+

Trans+

Trans+